the 리더

BBULMEDIA FANTASY STORY

희배 퓨전 판타지 소설

the 리더

8

뿔미디어

CONTENTS

제1장, 세계 최강 파이터 대회   7

제2장, '해' 사고를 치다(?)   43

제3장, Dr. Seer의 종교는 인간종교?   77

제4장, 만 하루를 드리겠습니다.

그 다음은 알아서 상상하십시오(2)   107

제5장, 타초경사지계(打草驚蛇之計)   137

제6장, LA다저스를 인수하다   167

제7장, 조화지체(調和之体)를 찾아내다   193

제8장, 메이저리그의 역사를 갈아치우는 자(1)   233

제9장, 메이저리그의 역사를 갈아치우는 자(2)   263

제1장
세계 최강 파이터 대회

—강권이, 지금 자네 휴스턴에 있지? 후, 자네 힘이 들겠지만 당장 백악관으로 가서 버라마 대통령을 구해주었으면 하네.

　"정암이, 그게 무슨 말인가? 다짜고짜 버라마 대통령을 구하러 가야 하다니 자네 지금 도대체 무슨 말을 하고 있는 겐가?"

　—허허, 그럴 일이 있다네. 강권이, 지금은 내 말이 이해가 되지는 않겠지만 제발 백악관으로 가서 버라마 대통령을 구해주게나.

　"허허, 이 친구야, 자네도 알다시피 나는 오늘 오후

에 내가 꼭 참가해야 할 세계 최강 파이터 대회와 또 콘서트 투어를 해야 하지 않는가? 그것이 어디 한두 푼이 걸린 일들인가? 각각에 수억이 걸린 일들이네. 그처럼 내 일을 챙기기에도 바쁜데 왜 내가 나와는 전혀 상관이 없는 미국의 대통령을 구해야 한다는 말인가? 미국에도 CIA니, FBI니, 국토안보국이니 잘나빠진 기관들이 오죽 많지 않은가? 그런데 미국 사람도 아닌 내가 왜 나서서 미국 대통령을 구해야 된다고 생각하나? 일없네."

강권은 서원명 대통령이 갑자기 전화를 해서 다짜고짜 버라마 대통령을 구해주라고 하자 뚜껑이 살짝 열리는 것 같았다.

세계 최강 파이터 대회와 콘서트 투어는 자기가 없어도 차질이 없으니 버라마를 구하러 갈 수도 있다. 또 실제로도 자기를 대신하게 하려고 '해'를 호문클루스로 만들어 놓기까지 했다. 그렇지만 그것은 어디까지나 상대가 예쁠 때 일이다.

그렇잖아도 미국의 CIA에서 자기를 암살하려고 한다는 첩보를 접한 터여서 은근히 밸이 꼴려 있는 상태가 아니던가.

성질대로라면 버라마를 구하러 가기는커녕 미국 한복판에서 난장이라도 치고 싶은 강권이었다.

그런 판국에 무슨 오지랖이 뻗혀서 미국 대통령을 구하러 가겠는가 말이다.

이처럼 강권이 단호하게 거절하려 하자 서원명 대통령은 다급해졌다.

버라마는 역대 미국 대통령 중에서 우리나라에 가장 호의를 보이는 친한파였다.

그런 버라마가 미국의 대통령으로 있는 것과 그렇지 않은 것은 국정을 운영하는데 있어 엄청난 차이가 있다.

미국의 위상이 흔들리고 있다고는 하지만 아직 미국이 세계에 미치는 영향력은 지대하다. 말하자면 국정 운영이나 외교 관계에 있어서 미국의 협조가 있느냐 없느냐의 차이는 엄청 크다는 말이다.

친구 입장으로서야 호구가 될지 모르는 곳으로 강권을 보내고 싶지 않지만 국정 운영자로서 서원명은 버라마에게 뭔가 성의를 보여주고 싶은 것이다.

이런 것들을 염두에 둔 서원명 대통령은 다급한 마음에 애원조로 사정했다.

—강권이, 내가 어디 버라마가 예뻐서 그를 구해주어야 한다고 생각하는가? 다 우리나라를 위해서라네. 또 얼마 전에 내가 미국에서 자네를 암살하려는 움직임이 있다는 말을 했었지? 자넨 그 첩보가 어디에서 나온 것인지 아는가? 바로 버라마 대통령 측근에서 나온 것일세. 그만큼 버라마는 우리나라를 친근하게 여기고 있다네. 그런 친한파 인사가 암살을 당하고 반한파 인사가 대통령이 된다면 우리나라의 발전에도 큰 장애가 될 것일세. 부존자원이 없는 우리나라의 경제는 외국 시장에 의존해야 하는 형편에 있지 않은가? 그런데 세계의 큰손에 속하는 미국이 사사건건 우리나라를 걸고넘어지면 어떻게 되겠는가? 내 입으로 이런 말을 하기는 유감스럽지만 만약 미국이 작정하고 덤비면 우리나라에서 살아남을 기업은 하나도 없네. 아니, 자네 회사인 그룹 '환'만 살아남겠군. 중국의 현찰 공세에 연신 밀리고 있는 미국이 무슨 힘이 있냐고들 하겠지. 그것은 몰라서 하는 말들일세. 비록 지금 미국의 이름값이 아무리 떨어졌다고 해도 아직까지는 썩어도 준치라네. 그러니 아쉬운 입장에 있는 우리나라로서는 미국 지도자가 누가 되느냐에 마냥 자유로울 수

만은 없는 것이라네. 세계 최강 파이터 대회와 콘서트 투어를 하지 못해서 생기는 손해는 내가 어떻게든 보전해 줄 테니까 제발 버라마를 구해주도록 하게.

서원명 대통령의 간청을 나 몰라라 할 수 없다는 듯 한참 생각하던 강권은 마지못한 척 승낙을 했다.

"휴우, 알겠네. 그런데 한 가지 알고 싶은 게 있네. 버라마가 위험에 처해 있다는 정보는 도대체 어디서 얻게 되었나?"

─으음, 자네는 잘 모르는 사람이네만…… 어제 클린턴 정부 때 CIA 부국장을 지냈던 아넬커 E, 펜튼이란 사람이 전화를 했었네.

강권은 서원명 대통령이 주저하면서 말하는 것에서 직감적으로 무언가 있다는 느낌이 왔다.

'호오, 요것 보게? 어디서 이런 빤한 수작을 써? 하긴 이게 빤한 수작이긴 하지만 그거야 어디까지나 옛날 일이니까 요즘에는 나름 참신한 수작일지도…….'

강권은 이런 내심을 감추고 호기심이 진득한 목소리로 물었다.

"그래? 그 아넬커란 자가 자네에게 뭐라고 했는데?"

—저, 그게…… 별 다른 얘기는 없었네. 다만 요새 미국에서 강경론자들이 득세를 하고 있으니 앞으로 한미 관계가 좀 껄끄러워질 거라는 것이었네. 아넬커와 이런저런 지나간 얘기를 하던 중에 내가 듣기에는 분명 총성처럼 들리는 소리가 나는 것 같았어. 그러더니 아넬커가 비선(秘線)에서 긴급 연락이 온 것 같다고 전화를 끊더구먼. 그래서 워싱턴에 파견되어 있는 우리 안기부 요원들에게 긴급한 용건이 뭔가를 알아보게 했지. 보고에 의하면 미국의 국토안보국과 CIA가 힘을 합쳐서 버라마 대통령을 배제시키려는 움직임을 보인다고 했네. 그 과정에서 우리나라 특전사 출신의 미국 대통령 경호원이 목숨을 잃기까지 했다는 거야.

"그래?"

—에효, 강권이 이 사람아 정말이라니까. 설마 내가 자네를 속이겠어?

강권은 서원명 대통령의 리액션에서 뭔가 이상한 낌새를 느꼈다.

서원명 대통령이 자기가 우리나라 일이라면 발 벗고 나선다는 것을 알고 되도 않게 우리나라 특전사 출신의 경호원 운운하며 자꾸 우리나라 사정과 결부시키려

한다는 것이 빤히 보였던 것이다.

그렇지만 해서 될 일이 있고 해서는 안 될 일이 있다.

강권의 판단으로는 이건 분명 후자에 속했다. 상대가 요청하지도 않았는데 함부로 끼어들 수도 없고 끼어들어서도 안 되는 일이었다.

이쪽은 호의를 가지고 백악관에 갔지만 상대가 느끼기에는 무단으로 국가의 일급 중지(重地)에 침입한 것으로 볼 수도 있지 않는가 말이다.

자칫 잘못하다가는 미국과 제대로 한판 붙을 빌미를 제공하는 것일 수도 있는 일이었다.

물론 미국이 우리나라를 상대로 선전포고를 하지는 않겠지만 일단 약점이 잡히면 그만큼 양보해야 하는 게 국제사회의 질서였다.

따라서 상대가 정식으로 요청하지 않는다면 이런 일에는 결코 끼어들어서는 안 되는 일이었다.

강권은 이런 판단이 서자 한숨부터 나왔다.

'허어, 이 친구가 지금 뭐하자는 것이야?'

그러다 문득 이 얄궂은 상황이 상대가 부러 의도한 게 아닌가 하는 생각이 뇌리를 스쳤다.

'어쩌면 정치가로서는 순진한 이 친구를 미국 쪽에서 속이려는 걸지도?'

강권은 이런 생각이 들자 '해'와 '달'에게 백악관 근처에서 총소리가 났었는지 알아보라고 했다.

'해'와 '달'은 이미 미국 주요 기관들의 동태를 감시하고 있었기 때문에 그 진의 여부를 쉽게 판가름할 수 있을 것이다.

'해'와 '달'은 그런 적이 없다고 했다.

'요거 요 정말로 냄새가 나는데? 이것들을 어떻게 하지?'

강권은 미국의 수작을 확신하고 있었다. 아넬커가 전화를 한 것부터 서원명 대통령이 백악관과 관계된 온갖 정보를 얻은 것까지 모두가 일련의 시나리오에 따라 벌이는 일련의 행동이라는 의미였다.

그런데 이상한 것은 세계 최강 파이터 대회에서 자신의 암살을 시도하려면서 왜 이렇게 복잡하게 일을 꾸미는가 하는 것이었다.

'도대체 왜 그러는 거지?'

여러 가지 가능성을 생각해 보던 강권은 몇 가지 가설을 도출해 내었다.

하나는 상대가 암살이 성공하지 못할 수도 있다고 가정한다는 것이었다.

암살이 실패한다면 미국의 명성에 먹칠을 하겠지만 떨거지들을 희생양으로 삼아 대충 무마할 수 있을 것이다.

설사 암살이 성공한다면 강권의 부하들이 어떻게 할 것인가 또한 문제였다.

어쩌면 열 대의 보라매들이 무차별적으로 공습을 감행해서 미국을 공포의 도가니로 몰아넣을 수 있을 것이다.

그게 아니더라도 백룡에 실려 있는 것으로 추정되는 1~2대의 보라매가 당장 보복 공격으로 나올 수 있을 것이다.

강권의 생각에도 만약 그런 경우가 발생한다면 천살 문도들은 물불을 가리지 않고 미국을 끝장내려 할 것이다.

두 번째 가설은 누군가 암살 시나리오를 배제하고 누가 자신의 목에 방울을 달 것이냐 하는 것으로 방향을 바꾸었다는 것이다.

성공하든 그렇지 못하든 너무 위험부담이 커서 자신

의 행보에 제동장치를 다는 것으로 자신과 가까운 사이를 설정하고 그 사람을 이용해서 자신에게 제약을 거는 방법이었다.

자신의 친인척을 이용하자니 자신은 고아니 친척은 없었고 인척(姻戚) 역시 경옥이 사회생활을 거의 하지 않으니 배제할 수밖에 없을 것이다.

차선책으로 선택된 사람이 아마도 서원명 대통령이었을 것이다.

세 번째 가설은 강권에 대한 암살 계획 자체가 아예 없다는 것이었다.

중순양함 볼티모어호의 폭파 때 보여주었던 강권의 정보 통제 능력을 미루어 섣부른 암살 시도는 큰 화를 불러올 수 있으니 시늉만 내고 정작 백악관에 함정을 판다는 것이다.

강권을 직접 사로잡을 수는 없다고 하더라도 그의 종적이 백악관에서 잡힌다면 여러 가지 이익이 있다.

우선 이걸 빙자해서 상당한 양보를 얻어낼 수 있고, 나아가 강권과 서원명 대통령과의 사이를 멀어지게 할 수 있을 것이다.

한마디로 말해서 꿩 먹고 알 먹기인 셈이다.

강권은 아마도 이 시나리오를 쓴 사람은 마지막 안에 더 치중하고 있을 것이라는 생각이 들었다.

결론적으로 세계 최강 파이터 대회에서의 강권에 대한 암살은 없을 수도, 암살 시도가 있다고 해도 별다른 것이 아닐 수도 있었다.

그렇다면 세계 격투기 대회는 '해'에게 맡겨도 차질이 전혀 없을 것이다.

저들이 정말로 원하는 것은 자신에게 제약을 거는 방법을 찾는 것일 테니까.

'흐음, 그래? 그렇다면 넘어가 주는 것도 묘미가 있겠네. 걔네들이 백악관에 어떤 꼼수를 준비했나 가볼까? 하하, 니들이 백날 꼼수를 부려봐라 내가 눈 하나 깜짝할 줄 알고.'

생각이 여기에 미치자 강권은 오기가 생겨서 상대가 어떻게 나오는지 보고 싶었다. 자기에게는 저들이 모르는 마법이라는 비밀 무기가 있지 않은가?

저들은 아마 온갖 과학 장비를 동원해서 자기 종적을 탐지하려고 할 것이다.

그렇지만 강권에게는 그걸 무력화시킬 수 있는 마법

이 있으니 별일은 없을 것이다.

강권은 서원명 대통령에게는 이런 내심을 감추고 시치미를 떼며 말했다.

"하하, 그래서 자네는 그따위 허튼수작에 넘어가겠단 말인가?"

—어 사람 강권이, 그따위 허튼수작이라니? 아넬커는 그런 사람이 아닐세. 또 나와 알고 지낸 지도 벌써 20여 년이 다 되어 가고 말이지. 그 사람도 역시 우리나라에 엄청 우호적인 인물일세.

"그래? 아넬커란 자가 아무리 우리나라에 우호적인 자라고 하더라도 필경 그자는 미국 사람이야. 상식적으로 생각해 보세. 팔이 안으로 굽는다는 말이 있지? 미국 사람인 아넬커가 자기 나라를 배신하고 우리나라 편을 들겠는가?"

—설마? 그가 그렇게까지 했을라고?

"좋아. 그럼 내가 그자의 수법을 말해주지. 아넬커란 자가 버라마의 요청으로 백악관으로 가는 길에 오랜만에 자네 생각이 나서 전화를 했다고 했을 거야. 그리고 이런저런 얘기를 나누었겠지. 그러다 불현듯 총성이 들리고 아넬커란 자는 급한 연락이 왔다고 전화를 일방적으로 끊었겠지. 그 다음에 자네는 워싱턴에 있는 요원들을 동원해서 백악관에서 있었던 일을 조사했을 것이고. 그 과정에서 우리나라 출신의 백악관 경호요원이 죽은 것도 알았을 것이야. 그렇지 않나?"

―어, 어떻게 자네가 그렇게 상세히 알 수가 있지? 자네 설마?

"허어, 일국의 운명을 책임져야 할 사람이 어떻게 그렇게 순진한가? 생각해 보면 간단한 일 아니겠는가? 우선 짚고 넘어가야 될 것이 그자가 전화한 시간일세. 워싱턴과 서울의 시차는 13시간일세. 한마디로 낮밤이 바뀐 경우라고 볼 수 있네. 아마도 그자가 전화를 한 시간이 우리나라 시간으로 어제 아침 9시에서 10시 사이일 것일세. 미국의 시간으로는 대충 저녁 8시에서 9시 정도가 사이가 되겠지. 그런데 그 아넬커란 자가 아무리 자네와 친한 사이라고 해도 급한 용무도 없이 일과도 시작하기 전에 함부로 전화를 할 수가 있겠나? 더군다나 자네는 일국의 정상이 아닌가 말이야. 아넬커란 자가 자네와 엄청 친해서? 웃기지 말라고 해. 한마디로 자네와 친하다는 말 자체가 개가 풀 뜯어 먹는 소리라네. 두 번째로 짚고 넘어가야 할 대목은 자네가 워싱턴에 있는 우리 안기부 요원들을 동원해서 백악관에서 있었던 일을 조사했다는 것일세. 평소에 우리 안기부 요원들이 자네가 조사하라고 하는 일을 재깍재깍 해치웠느냐 하는 것이네. 자네는 정말 그렇다고 생각하나? 아마 어림도 없었을 것일세. 내가 그들의 능력을 폄하하려는 것은 아니지만 미국에서 소스를 제공하지 않는 일들은 안기부 요원들로서는 결코 알 수 없었을 것이네. 따라서 미국이 원하는 것은 아마 미국에서 내가 무단으로 백악관에 침입하기를 바라는 것일지도 모를 일이네. 내가 백악관에 무단침입을 해서 백악관에서 사로잡힌다면 나나 우리나라나 얼마나 곤혹스럽겠는가? 설령 사로잡히지는 않는다고 하더라도 CCTV에 찍히기라도 한다면 그것을 빌미로 미국은 큰소리를 빵빵 칠 수 있을 것이고 말이지. 정암이 자넨 그런 생각은 해 보지 않았나?"

—설마?

"하하, 정암이, 고금동서를 통해서 보더라도 그 설마가 사람들을 잡는다네. 저들이 원하는 것은 자네를 통해서 내가 백악관에서 무슨 일이 벌어졌다는 것을 아는 것일세. 그리고 저들이 획책한 대로 내가 백악관에 나타나 사로잡혀 주거나 CCTV에 찍히기를 바라겠지. 내가 백악관에 나타나서 나를 사로잡거나 내 모습을 CCTV로 찍는다면 저들은 자신들에게 유리한 요구를 할 수 있겠지. 물론 내가 백악관에 가지 않는다면 자네는 나에게 별다른 영향력이 없는 인물로 판단하고 그만한 대우를 하겠지. 모르긴 몰라도 지금 백악관에는 자네가 상상할 수 없는 어마어마한 함정이 만들어져 있을 것이야."

─으음, 그게 정말이라면 자네가 백악관에 가면 안 되는 것 아닌가?

서원명 대통령은 강권의 말이 믿어지지는 않았지만 그렇다고 대한민국의 최고의 패를 함정에 들이밀고 싶지는 않았다.

만약 누가 "미국과 척을 질래? 아니면 강권을 포기할래?" 하고 묻는다면 서원명은 주저 없이 미국과 척을 지는 쪽을 택할 것이다.

그만큼 강권은 서원명에게 있어서나 대한민국, 아니 우리 한민족에 있어서도 최고의 가치를 갖는 보물이었기 때문이다.

서원명 대통령의 우려 섞인 질문에 강권은 주저하지 않고 대답했다.

"하하하, 그럴수록 더 가봐야 하지 않겠는가?"

─하지만 저들이 함정을 파고 기다릴 것이라고 하지 않았나?

"위험할수록 그만큼 배당금이 높아진다는 게 천고의 진리일세. 이 기회에 위험한 놈들을 깡그리 청소해서 미국을 우리 입맛대로 길들이면 우리나라 발전을 백 년쯤 앞당길 수 있을 게야."

─나는 그렇게 생각하지 않네. 자네의 안전이야말로 우리나라 발전의 척도라고 생각하니 말일세.

"하하, 말이라도 고맙네. 이 문제는 전적으로 내가 알아서 처리하겠네."

서원명 대통령은 강권의 고집에는 어쩔 수 없다는 것을 알고 제발 조심하라고 당부할 뿐이었다.

❖　❖　❖

텍사스주 휴스턴에 있는 *미니트 메이드 파크는 개

폐식 지붕을 가진 포스트모더니즘양식의 돔 구장으로 수용 인원은 4만 2,000명이다.

이 미니트 메이드 파크에 사람들로 입추의 여지가 없었다.

미니트 메이드 파크가 메이저리그의 휴스턴 애스트로스의 홈구장이니 구장에 들어온 사람들이 당연히 야구 관중이라고 생각할 것이다.

그렇지만 오늘 미니트 메이드 파크에 들어온 관중들은 야구를 관람하러 온 것이 아니라 이종격투기와 콘서트를 보러온 사람들이었다.

Dr. Seer가 주관하는 세계 격투기 대회와 Dr. Seer의 미국 콘서트 투어가 열리기 때문이었다.

그런데 관중들이 모두 Dr. Seer의 팬인 것은 아닌 모양이었다.

필드의 한가운데에 마련된 특설 링이 가장 잘 보이는 특별석에 앉아 있는 한 커플이 Dr. Seer를 두고 연신 다투고 있는 모습이 눈에 띄었다.

[헤이 제니, 3시가 다 된 것 같은데 어째서 Dr. Seer의 모습이 보이지 않는 걸까? 설마 천하의 Dr. Seer가 브룩클린 시나 헬 케인이 두려워서 숨은

것은 아니겠지?]

[뭐시라고요? 브라운, 내가 아무리 당신을 사랑한다고 하지만 Dr. Seer님을 모욕한다면 참고 있지만은 않을 거예요.]

[제니, 당신이 참지 않으면 어떻게 하겠다는 거야?]

[내가 어떻게 하느냐는 당신이 어떻게 나오느냐에 따라서 달라지는 것 아니겠어요?]

브라운 제리코 루벤트는 백인답지 않게 항상 나긋나긋하게 대해 오던 제니의 대꾸에 인상이 찌푸려졌다. 그는 남부 출신답게 열혈 사나이였고 거기에 다소 인종차별주의자적인 시각을 갖고 있었다.

그가 속해 있는 루벤트 가문은 과거 흑인 노예들을 이용해서 목화 농장을 했었던 엄청 보수적인 가문이어서 제니가 황인종인 Dr. Seer의 광팬인 것에 상당히 불만이 있는 터였다.

'팬질 할 게 없어 그따위 누렁 원숭이의 팬질을 하는 거냐고?'

제니에 대한 브라운의 단 하나의 불만은 이것이었다.

얼굴도 예쁜 것이 머리도 좋은데다 마음씨까지 고와

브라운이 보기에 제니는 모든 게 완벽한 여자였다.

이것들은 브라운뿐만 아니라 브라운과 제니의 관계를 알고 있는 모든 사람들도 마찬가지로 생각하고 있는 것이기도 했다.

브라운으로 하여금 제니에 대한 애정이 각별하게 만든 것은 제니가 동부의 보수적 가문 사람답게 성(性)에 대해서 엄청 완고하다는 것이었다.

이 점은 제니를 만난 곳이 세칭 아이비리그에 속하는 코넬대학이어서 브라운이 잘 알고 있었다. 함께 마약은 해도 섹스를 하지 않는다는 것이 제니의 확고한 신념이었다.

물론 제니가 마약을 한 것도 브라운이 알기로는 호기심 차원에서의 한두 번 정도에 불과했다. 성에 대해서 개방적인 사고방식을 갖고 있는 미국인의 시각에서는 제니의 결벽이 좀 고루하다고 할 수도 있겠지만 오직 제니 바라기인 브라운으로서는 그걸 나쁘게 생각지 않았다.

제니의 버진(?)의 수혜자는 자신이 될 것이라고 확고하게 믿고 있었기 때문이다.

그렇게 생각하던 제니의 단호한 대꾸는 브라운으로

하여금 속을 끓이게 하기에 충분했다.

그러니 브라운은 자연 툴툴거리며 말할 수밖에 없었다.

[제니, 당신이 Dr. Seer의 팬이라는 건 알고 있지만 나는 당신과 평생을 함께하자고 언약을 맺은 사이야. 또 당신도 나만 평생 사랑하겠다고 약속했잖아. 그런데 그런 나보다 그따위 누렁…… 가수 나부랭이인 Dr. Seer가 좋단 말이야?]

[홧? 감히! 어떻게 당신 따위가 Dr. Seer님께 그따위 누렁 가수 나부랭이라고 할 수 있지? 당장 철회해.]

[그렇게는 못하겠어. 제니, 나는 당신에게 만큼은 언제나 내가 제일 가까운 사람이어야 한다고 생각하니까?]

[호호호, 이봐! 별 볼일 없는 브라운 아저씨, 내가 그 말에 감격이라도 해야 할까 봐? 웃기지마. 당신 똑바로 알아야 할 게 있어. Dr. Seer님과 나를 별개의 존재로 생각하면 당신은 큰 착각을 한 거야. Dr. Seer님은 절망의 구렁텅이에 빠져 있는 나를 구원해 주신 절대자이니까 내 전부나 다름이 없어. 그

런데 그런 나의 전지전능하신 Dr. Seer님께 그따위 누렁 가수 나부랭이라고 할 수 있어? 이봐요! 브라운 아저씨, 당장 철회하지 않는다면 난 댁과 절교할 거거든.]

[뭐……?]

브라운은 제니가 당장 철회하지 않는다면 절교하겠다는 말에 순간 멍해졌다.

지금까지 단 한 번도 제니와 헤어진다는 생각을 해본 적이 없었기에 엄청 충격을 받았다.

사실 Dr. Seer에게 사소하게 한 말을 가지고 제니가 이렇게 극단적인 말을 할지는 꿈에도 생각지 못했다.

짧은 순간에 수많은 생각들이 뇌리를 스쳤다.

철회하자는 생각과 자신이 사랑하는 사람이 자신보다 다른 사람을 더 마음에 두고 있다는 질투심이 브라운의 마음에 교차되고 있었다.

그런데 '한(恨)'이나 원망, 질투 등의 부정적인 감정이 더 에너지가 넘친다는 말을 증명이라도 하듯 질투와 원망이 브라운의 마음을 차지했다.

'뭐시라? 그따위 누렁 원숭이를 나보다 더 사랑한

다는 거야 뭐야?'

백인우월주의자에 전형적인 미국의 남부인인 브라운에게 있어 Dr. Seer는 어디까지나 마늘 냄새나 풀풀 풍기는 옐로우 멍키 정도에 불과했다.

또한 브라운은 질투에 휩싸인 나머지 마음에도 없는 말을 하고 말았다.

[제니, 지금 말 다 한 거지? 절교할 거라고? 그러면 누가 겁낼까 봐서. 좋아. 이만 찢어지자고.]

평소 딱 부러지는 브라운의 성격이라면 이 말을 끝으로 자리를 박차고 나갔을 것이다.

그렇지만 오늘은 어쩐지 자리를 떠나지 않고 있었다.

제니 역시 칼 같은 성격이어서 절교를 선언한 브라운을 다시 안 볼 것처럼 외면하고 있었다.

그렇지만 그녀 역시 Dr. Seer의 콘서트를 핑계로 자리를 고수하고 있었다.

결국 이 다툼은 사랑하는 사람들만의 독점욕과 배려심을 바라는 욕구에서 비롯된 갈등에 불과할 것이다.

그런데 이 같은 커플은 제니와 브라운만이 아닌 듯

특설 링 근처의 S석을 차지하고 있는 10여 쌍의 커플들의 분위기가 눈에 띄게 썰렁해졌다.

3시가 되어갈 무렵 특설링에 세계 최강 파이터 대회의 아나운서를 맡은 크리스 버퍼가 링 위에 올라왔다.

크리스 버퍼는 격투기 선수로 활동한 전력이 있었던 사람답게 엄청 다이내믹하게 대회의 개시를 알렸다.

하긴 그래서 더 인기가 있는 옥타곤 아나운서이기도 했다.

[친애하는 신사숙녀 여러분, 지금부터 여러분께서 보시게 될 세계 최강 파이터 대회는 Dr. Seer의 느닷없는 제안으로 개최하게 된 이벤트입니다. 그런데 갑작스럽게 성사되다 보니까 여러 가지 사정으로 Dr. Seer와 4명의 초청 선수로 이루어지게 되었습니다. 단 다섯 명의 선수로 개최되는 경기여서 실망하실 수도 있을 것입니다. 하지만 참가 선수들의 면면을 본다면 여러분들의 흥미를 자극하기에 충분할 거라고 단언할 수 있습니다.]

크리스 버퍼는 이렇게 오프닝 멘트를 하고 잠시 뜸

을 들인 후에 세계 최강 파이터 대회에 참가하는 선수들을 소개하기 시작했다.

[가장 먼저 소개할 선수는 지옥의 파수견 케르베로스라고 지칭이 되는 무패의 사나이 헬 케인입니다. 자! 여러분 뜨거운 박수로 맞이해 주십시오.]

짝, 짝, 짝, 짝.

[헬 케인, 헬 케인…….]

[와, 와—]

…….

[다음은 공포의 핵주먹, 돌아온 몬스터 브룩클린 시나입니다. 뜨거운 환영의 박수를 바랍니다.]

…….

크리스 버퍼의 입에서 한 사람, 한 사람의 이름이 나올 때마다 격투기 열혈 관중들의 환호가 미니트 메이드 파크에 울려 퍼졌다.

제1회 세계 최강 격투기 대회에 초청된 사람은 불과 4명이었지만 그 네 명의 면면은 레전드급이었다.

우선 UFC를 평정했다고 평가받는 헬 케인, 폭풍의 몬스터로 불리는 브룩클린 시나, 주짓수의 전설 핵터 그리시, 크라브마가의 고수인 지네트 쿠어린 등의 이름값은 누구도 무시하지 못할 정도였다.

어마어마하게 걸려 있는 상금 때문에 이 대회에 초청받지 못한 선수들의 입에서 불평이 많았지만 이번 대회는 Dr. Seer의 월드 콘서트 투어 때문에 어쩔 수가 없었다.

세계 최강 격투기 대회를 개최한 주최 측은 다음 대회부터는 월드컵 대회처럼 세계 전역에서 지역 예선을 거쳐서 총 32명이 대회에 참가하는 방식으로 치르겠다고 약속하는 것으로 불평을 잠재웠다.

4명의 참가 선수들이 특설링으로 오른 후에 크리스 버퍼는 Dr. Seer를 소개했다.

[세상에는 뛰어난 사람이 많지만 저는 아직까지 이 분처럼 뛰어난 분은 보지 못했습니다. 누구나 인정하는 최고의 뮤지션이자 발명가에 세계에서 가장 전망이 밝은 회사의 CEO이기도 한 분이십니다. 한마디로 말해서 동양이 낳은 절세의 초인이라고밖에 말할 수 없는 분입니다. 자! 여러분, Dr. Seer님을 뜨거운 박수로 맞이해 주십시오.]

크리스 버퍼의 소개가 끝나자 오늘 Dr. Seer의 대역인 '해'가 미니트 메이드 파크 상공에 떠 있는 백룡호에서 서서히 내려왔다.

지금 '해'의 모습은 누가 보더라도 완전 Dr. Seer라고밖에 할 수 없을 것이다.

그런데 놀라운 것은 공중에 떠 있는 비행선에서 내리는 Dr. Seer가 마치 허공에 있는 계단을 밟고 내려오는 것처럼 내려오고 있다는 것이었다.

그것은 무협지에서나 나오는 허공답보처럼 보이는 [플라이] 마법이었다.

[와!]

[어떻게 저럴 수 있지?]

[와! 저거, 저 사기 아냐?]

뜻밖의 퍼포먼스에 관중들은 감탄사를 연신 토해냈다.

그런데 그것도 잠시, 누군가의 입에서 Dr. Seer를 조롱하는 고함 소리가 터져 나왔다.

[이봐, 노랑 원숭이, 지옥에나 가 버려!]

[Dr. Seer를 지옥으로…….]

[와! Dr. Seer를 지옥으로…….]

그런데 미니트 메이드 파크에는 Dr. Seer의 추종자들도 엄청 많은 듯 일제히 조롱하는 무리들에게 고함을 질러댔다.

[닥쳐! 이 빌어먹을 놈들아! 감히 Dr. Seer님을 조롱하다니.]

[네 녀석들이 정녕 죽고 싶냐?]

[너, 똑바로 봐뒀어. 끝나고 뒈질 줄 알아!]

이처럼 미니트 메이드 파크는 Dr. Seer를 조롱하는 함성과 이에 반박하는 Dr. Seer 팬덤의 고함 소리로 금방에라도 아수라장이 될 것 같았다.

그런데 그걸 지켜보고 있는 진행자 크리스 버퍼의 표정이나 태도가 묘했다.

자제를 시켜야 할 진행자가 아무런 조치도 취하지 않고 방관하고 있었던 것이다.

겉보기에는 당황한 듯 우물쭈물하는 것처럼 보였지만 Dr. Seer, 즉 '해'의 눈에는 방관자 내지는 의도적으로 이런 상황을 연출하고 있는 것처럼 보였다.

'저 자식이 이런 상황을 만들 속셈으로 의도적으로 과도하게 주인님의 칭찬을 늘어놓은 거야? 그런 거야?'

이런 '해'의 추측처럼 크리스 버퍼는 내심 더 부추

길까 말까 고민하고 있는 중이었던 것이다.

그의 이런 행동에는 나름 저의가 있었다.

사실 세계 최강 격투기 대회의 링 아나운서가 되고 은밀한 제안이 들어왔었다. 방금과 같은 멘트를 한다면 1,000만 달러를 주겠다는 것이 그것이었다.

'1,000만…… 정말로 1,000만 달러라고? 하지만 왜?'

크리스 버퍼는 경악하는 와중에도 설마 하는 마음이 강했다.

그렇지만 뜻밖의 제안에 엄청 호기심이 생겨 건네는 메모를 훑어보자 입에 담기도 힘들 상당히 오글거리는 문구가 적혀 있었다.

'아무리 그렇더라도 일개 황인종에다 새파랗게 젊은 녀석에게 Dr. Seer님이라니…….'

크리스 버퍼는 인종차별주의자는 아니었지만 자신이 백인인 것에 나름 자부심을 갖고 있었다. 그런데 황인종인 Dr. Seer를 상대로 이런 멘트를 한다는 것은 좀 그랬다.

그렇지만 1,000만 달러의 유혹에 황인종인 Dr.

Seer에게 님 자를 붙여주는 것 따위는 이미 아웃 오브 안중이었다.

그보다 크리스 버퍼의 신경을 거스르는 것은 '동양이 낳은' 이란 대목이었다.

'공식석상에서 이런 자극적인 멘트를 날리라고? 그것도 인종차별이 나름 심한 남부에서?'

모르긴 몰라도 이런 발언을 하면 내일 아침에 이 지역 매스컴에서는 난리도 아닐 것이다.

크리스 버퍼도 나름 경력이 상당한 링 아나운서여서 갈등이 표출될 수 있는 발언에 망설이지 않을 수 없었던 것이다.

크리스 버퍼가 망설이는 기미를 보이자 의문의 상대는 거절하기 어려운 딜을 제안했다.

OK하면 선금으로 500만 달러를 당장 쏴주겠단다.

크리스 버퍼는 이미 OK라는 결정을 내렸지만 상대의 의도가 궁금해져서 이런 제안을 한 의도가 무엇인지 묻지 않을 수 없었다.

그런데 대답은 더 황당했다.

[콘서트 스테이지를 난장판으로 만드는 게 우리 프리메이슨의 목적입니다.]

[예에? 프, 프리메이슨이요? 그런데 왜 이런 멘트를…….]

크리스 버퍼도 언젠가 들어보았던 프리메이슨이란 조직의 이름까지 거명되자 황당함은 더해만 갔다.

'도대체 프리메이슨이 왜?'

크리스 버퍼의 이런 의문은 상대의 개입으로 더 이상 이어지지 못했다.

[콘서트가 열리는 곳이 어딥니까? 더 말씀을 안 드려도 아시겠지요? 크리스, 힘드시겠지만 OK하시면 크리스 씨를 우리 프리메이슨의 특별 회원으로 받아들일 수도 있습니다. 어떻게 하시겠습니까?]

[아하! 알겠습니다. 하죠.]

이렇게 성사된 딜로 크리스 버퍼는 자신의 계좌에 500만 달러가 입금된 것을 확인할 수 있었다.

'더 난장판으로 만들면 더 주려나?'

프리메이슨이 원하는 게 무엇인지 알았으니 그들이 원하는 것을 채워준다면 더 큰 보상을 할지도 모르는 일이었다.

그렇지만 자신의 멘트로 인해서 콘서트 스테이지가 개판이 된다면 자신의 명예는 바닥으로 추락할지도 모른다.

돈도 좋지만 그것은 어디까지나 명예 다음의 일이었다.

크리스 버퍼가 이렇게 막대한 현찰과 자신의 멘트로 야기될 사태로 인해서 깨질 자신의 커리어를 놓고 저울질하고 있는 사이에 이 상황을 산뜻하게 잠재운 사람은 뜻밖에도 아수라장의 중심에 있는 Dr. Seer였다.

Dr. Seer는 링에 내리자마자 번개같이 크리스 버퍼의 손에서 마이크를 빼앗아 멘트를 날렸다.

[여러분들이 나를 노랑 원숭이라고 불렀는데 여러분들은 노랑 원숭이에게 엉덩이를 걷어차이는 여러분들의 파이터들을 보게 될 것이다. 그리고 파이터들이 동의한다면 조금 방식을 바꾸었으면 한다. 한 사람이 끝나면 휴식 없이 곧바로 다음 대결을 한다는 것이다. 물론 내 입장에서는 네 사람이 한꺼번에 다 덤비는 게 좋지만 저 사람들의 체면도 있으니 이 정도로 하고 싶다. 당신들은 어떻게 생각하는가?]

Dr. Seer의 황당한 멘트에 들썩이던 미니트 메이드 파크는 일시 조용해졌다.

그렇지만 그 정적은 어디까지나 예상하지 못한 멘트에 Dr. Seer의 안티들이 미처 분노를 표출하지 못하는 폭풍 전의 고요함일 따름이었다.

*미니트 메이드 파크(Minute Maid Park)

미니트 메이드 파크는 해리스카운티휴스턴스포츠공사 소유의 돔구장으로 미국 메이저리그 내셔널리그에 소속된 휴스턴 애스트로스가 30년간 임대 계약을 맺어 홈구장으로 사용하고 있다.

원래는 엔론사와 30년간 1억 달러의 명명권(命名權:Naming Rights) 계약에 의해 엔론 필드(Enron Field)로 불렸지만 엔론사의 파산으로 인하여 한때 애스트로스 필드(Astros Field)로 불리기도 했다.

그러던 것이 2002년 6월 5일 코카콜라의 계열사인 미니트 메이드와 28년간 1억 7,000만 달러를 받기로 하는 명명권 계약을 맺고 지금의 이름으로 바꾸어 사용하고 있다.

필드가 8부분으로 각이진 독특한 포스트모더니즘 양식의 개폐식 돔구장으로, 수용 인원은 4만 2,000명이다. 크기는 높이 42.37m, 왼쪽 길이 96m, 중앙 길이 133m, 오른쪽 길이 99m, 펜스 높이 2.1~6.4m이며 천연 잔디구장이다.

구장의 설계 당시 휴스턴 애스트로스에는 크레이그 비지오, 제프 베그웰 등 오른쪽 강타자가 많은 것을 고려해서 왼쪽 펜스를 짧게 설계하였다는 일화가 전해진다.

그 결과 우타자들에게 유리하며, '투수들의 무덤'이라 부르는 콜로라도 로키스의 홈구장 쿠어스 필드 못지않게 홈런이 많이 나오는 경기장이 되었다.

미니트 메이드 파크의 또 하나의 특징은 중견수 뒤쪽에 탈스힐 (Tal's hill)이라고 부르는 약 30도의 경사의 언덕이 있어서 외야수들이 수비하기가 무척이나 까다로운 구장으로 꼽힌다는 것이다.

제 2장
'해' 사고를 치다(?)

Dr. Seer의 도발에 헬 케인, 브룩클린 시나, 핵터 그리시, 지네트 쿠어린 등은 얼굴이 빨갛게 변했다.

　네 사람은 나름 자기 자신에 대해 자부심을 갖고 있는 사람들이었다.

　그런데 지금 비리비리하게 보이는 애송이가 한다는 말이 자기네들을 싸잡아 무시하고 있는 게 아닌가?

　가장 빨리 반응을 보인 사람은 이스라엘의 현역 군인이자 지상 최고의 살인 무술이라고 칭하는 크라브마가의 고수인 지네트 쿠어린이었다.

지네트 쿠어린은 키가 2m 5cm에 몸무게가 110kg이 나가는 거구였다.

185cm에 75kg인 Dr. Seer보다 훨씬 더 우월한 신체 조건이 아닐 수 없었다.

키가 20cm에 몸무게가 무려 35kg 차이가 난다는 것은 파워 면에서 질적인 차이가 날 것이다.

물론 키가 크고 몸무게가 많이 나간다고 해서 몸이 느릴 것이라는 것은 엄청난 착각이다. 비록 몸집은 슈퍼 헤비급이었지만 지네트 쿠어린의 몸 움직임은 웰터급 정도로 엄청 빨랐다.

사실 지네트 쿠어린은 자신이 마음만 먹는다면 최강이라고 평가받고 있는 헬 케인까지도 완벽하게 이길 수 있다고 자부하고 있었기에 Dr. Seer의 말에 더 분노하고 있는지도 모른다.

[좋다. 그렇지만 한 가지 알려둘 게 있다. 노랑 원숭이. 너는 네가 한 말로 인해서 어쩌면 죽음을 맞이할 수도 있다. 겁이 난다면 지금이라도 당장 무릎을 꿇고 용서를 빌어라. 그럼 용서해 줄 용의도 있다.]

지네트 쿠어린의 이 말은 빈말이 아니었다.

조국 이스라엘의 군인으로 특수부대에 근무했던 10

여 년 동안 쿠어린은 몇 차례 살인을 한 경험이 있었기 때문이다.

물론 그가 죽인 사람들은 아랍의 테러리스트들이었다.

이 살인이라는 게 처음에는 견디지 못할 만큼 엄청난 충격으로 다가오지만 두세 차례만 살인을 해보면 사람을 죽이는 건지 양을 죽이는 건지 큰 감흥이 없었다.

그렇다고 쿠어린이 아무나 죽이는 살인마라는 것은 아니다.

조국 이스라엘을 위해서 적들을 죽이는 것뿐이다.

그런데 평소와는 다르게 묘하게 살심(殺心)이 솟구치고 있으니 어찌 된 일인가?

엄격하게 군인으로 훈련받은 쿠어린으로서는 있을 수 없는 일이 아닐 수 없었다. 도대체가 영문을 알 수 없는 일이었다.

또한 이렇게 살심이 치솟는 이유가 '해'가 의도적으로 심리 마법인 [프로보케이션] 마법을 쓴 결과라고는 꿈에도 생각지 못하고 있었다.

이처럼 살의(殺意)를 일으키게 하는 [프로보케이션]

마법은 심리 마법이자 일종의 환상 마법으로 성공률을 높이는 데는 몇 가지 전제 조건이 있다.

우선 피시전자가 살인의 경험이 있어야 했다. 전혀 살인의 경험이 없는 자에게는 폭행 의사 정도는 가질지언정 살의를 갖게 하지 못한다.

다음으로 피시전자가 일정한 상황에 처한다면 기꺼이 살인을 할 의지가 있어야 한다. 피시전자가 전혀 살인이 허용되지 않는 환경에서 자랐다면 살심을 갖지 않고 역시 폭행이나 협박의 의사 정도는 가질 것이다.

그런 면에서 본다면 쿠어린은 엄청 훌륭한 피시전자가 아닐 수 없었다.

이미 살인을 한 경험도 있었고, 앞으로도 일정한 상황에서는 기꺼이 살인을 할 의사가 있었기 때문이다.

살기를 뚝뚝 흘리는 쿠어린을 바라보면서도 Dr. Seer는 태연히 조롱 섞인 말투로 대꾸했다.

[하! 이런, 나는 전혀 그럴 필요성을 느끼지 못하겠는데 어쩌지? 우리나라 비속어에 말도 되지 않는 걸 가리켜 개소리라고 하지. 내가 지금 너에게 하고 싶은

말이 바로 그것이야. 너 지금 도대체 무슨 개소리를
하는 거야? 참, 너의 그 도발에 나도 한마디 하지. 성
경에도 그런 말이 있다지? 뿌린 대로 거둔다고 말이
야. 네가 살기를 일으킨다면 그것은 너에게 재앙을 불
러오게 된다는 것을 명심하는 게 좋을 거다. 이 머저
리야.]

[아니, 이 자식이 정말!]

지네트 쿠어린은 너무 엄청난 모욕을 받았다는 생각
이 드는지 말을 잇지 못했다.

그런 지네트를 바라보는 Dr. Seer의 눈에는 여전
히 진득한 비웃음이 담겨 있었다.

그걸 본 지네트 쿠어린은 더 이상 참지 못하고 결국
열폭하고 말았다.

자신을 불러 이스라엘을 위해서 Dr. Seer와 친해
지라고 당부하던 수상 네탄야후의 간곡한 말도 이미
뚜껑이 열릴 대로 열려 버린 지네트 쿠어린의 뇌리에
는 십만 리는 멀어져 가 버렸던 것이다.

[죽어!]

지네트 쿠어린은 외마디 고함을 지르고 Dr. Seer
의 관자놀이를 향해서 다짜고짜 펀치를 날렸다.

지상 최고의 살인 무술이라고 일컬어지는 크라브마가의 고수 쿠어린의 강력한 혹은 단순히 펀치라고 하기 보다는 차라리 살인 무기 그 자체였다.

퍽!

둔중한 격타음이 미니트 메이드 파크에 울려 퍼지자 관중들은 비명을 질러댔다.

[꺄악!]

[지저스!]

[갓뎀!]

관중들의 비명 소리를 들으며 지네트 쿠어린은 자신의 주먹에서 오는 묵직한 중량감감에 엄청난 쾌감을 느꼈다.

'으음, 바로 이 맛이야.'

낚시를 좋아하는 사람들이 손맛을 운운하듯 격투기를 하는 사람들 역시 이 손맛에 중독된다.

지네트 쿠어린 역시 지금 이 손맛에 취해 있었다.

그도 그럴 것이 이 정도의 손맛은 몇 년에 한 번, 아니 평생에 한 번쯤 맛볼 수 있을 만한 것이었기 때문이다.

또한 이 정도의 손맛이라면 Dr. Seer의 관자놀이

를 정통으로 때렸다는 것을 의미한다고 할 수 있었다.

　결과는 군이 확인할 필요조차 없을 것이다. 이 정도가 아니더라도 자신의 펀치를 제대로 맞고 버틴 사람은 아직 없었기 때문이다.

　어쩌면 그 Dr. Seer라는 노랑 원숭이는 정말로 뇌가 뭉개져서 뒈졌을지도 모른다.

　군이 밝힐 필요까지는 없지만 자신의 크리티컬 펀치를 정통으로 맞고 뇌가 뭉개져서 뒈진 아랍 놈들이 하나둘이 아니었다.

　'쿠쿠쿠, Dr. Seer이고 나발이고 이제 더 이상 헛소리를 못하겠지?'

　지네트 쿠어린은 회심의 미소는 조금 빨랐다. 자신의 손맛에 취한 나머지 관중들이 더 이상 비명을 지르지 않고 있다는 것을 간과한 것이다.

　그러다 문득 자신이 이스라엘의 영광을 위해서 특명을 받고 이곳에 온 군인 신분이라는 게 떠올랐다.

　'해'가 [프로보케이션] 마법을 거두자 비로소 자신의 임무가 생각이 난 것이다.

　'이런 시파, 또 사고 쳤네. 그나저나 수상님에게는 어떻게 말씀드려야 하나? 이 새끼 설마 뒈지지는 않았

겠지?'

여기까지 생각하고 급히 Dr. Seer의 상태를 확인하려다 황당한 현실에 직면했다.

자신의 주먹을 맞고 뻗어 있어야 할 Dr. Seer가 멀쩡하게 자기를 째려보고 있지 않는가?

그뿐만이 아니었다. 비웃음을 날리며 조롱하기까지 했다.

[푸후, 이봐, 머저리. 너 지금 때린다고 때린 건가? 이제 내가 한 대 때려도 되겠지?]

[어, 어떻게…….]

[어떻게는? 자네의 주먹이 너무 약하다는 말이겠지. 안 그래, 머저리?]

Dr. Seer는 이렇게 빈정거리며 지네트 쿠어린의 복부를 가볍게 가격했다.

아니 겉으로 보기에는 그처럼 보였다. 그런데 결과는 놀라웠다.

지네트 쿠어린은 끔찍한 신음을 토해내며 고목나무가 쓰러지듯 앞으로 그대로 고꾸라졌던 것이다.

쿵!

꽈당!

지네트 쿠어린의 커다란 덩치가 링 위에 나뒹굴자 링이 흔들렸다.

그것은 마치 링이 견디지 못하겠다는 듯 휘청거리는 것 같았다.

[와아!]

전혀 예상치 못한 결과에 관중들은 그저 경악성을 토해냈다.

Dr. Seer는 그런 것은 아랑곳하지 않고 쓰러진 지네트 쿠어린의 뒤통수에 대고 조롱했다.

[에이! 이제 보니 이 머저리는 펀치만 약한 것이 아니라 맷집도 약하네. 급소를 친 것도 아니고 그냥 복부를 한 대 쳤을 뿐인데 그냥 나가떨어지다니 크라브마가의 고수라더니 영 허빵이로구먼. 아니면 흰둥이들이 이렇게 허약한 건가?]

Dr. Seer가 이렇게 말하고는 링 위에 있는 사람들을 쓰윽 훑어보자 그와 눈이 마주친 사람들은 얼른 시선을 회피하며 겸연쩍은 듯 헛기침을 토했다.

[크음.]

[큼, 큼.]

Dr. Seer는 그런 그들의 태도에 기묘한 미소를

지으며 조롱하듯 말했다.

[어이, 그렇게 외면만 하지 말고 대답 좀 해보라고. 흰둥이들이 원래 이렇게 허약한가? 아니면 너희 흰둥이들이 조롱하는 이 노랑 원숭이의 펀치가 너무 센 건가?]

Dr. Seer의 이런 견디기 힘든 조롱에도 불구하고 헛기침만 토해낼 뿐 아무도 나서지 못했다.

헬 케인이야 원래가 말이 없어 그렇다 치더라도 다혈질에 속하는 브룩클린 시나나 자부심 덩어리인 핵터 그리시까지 아무런 대꾸도 하지 못하는 것은 어찌 된 영문일까?

그것은 며칠 전 훈련하면서 보았던 지네트 쿠어린의 실력이 떠올라서였다.

새 샌드백을 찢어놓는 가공할 펀치하며 해머질에도 견디는 극한의 맷집.

한마디로 지네트 쿠어린은 이 시대 최고의 강자라고 자타가 공인하는 헬 케인이나 전설의 반열에 올라 있는 핵터 그리시까지도 은연중 두려움을 느끼게 하는 진정한 강자 중의 강자였던 것이다.

그런 지네트 쿠어린을 잽을 날리는 것 같은 가벼운

펀치로 녹다운을 시키는데 어찌 두렵지 않겠는가?

상대들이 아무런 반응이 없자 Dr. Seer는 이번엔 링 아나운서 크리스 버퍼를 향해 포문을 열었다.

[미스터 버퍼, 그렇게 눈알만 굴리지 말고 계속 진행을 하시지요.]

아주 저렴하고 자극적인 어투였다.

'눈알을 굴려? 어떻게 이런 말을 쓰지?'

대중을 상대로 하는 사람들은 아무리 화가 나더라도 듣는 사람으로 하여금 거부감이 들지 않게 말을 하는 훈련을 받는다.

외교관들이나 정치가들이 예의상 사용하는 일종의 의식(儀式) 언어였다.

세계적인 스타인 Dr. Seer 역시 마찬가지일 것이다.

그런데 세계적인 스타임에도 불구하고 Dr. Seer는 생방송 중에 시정잡배들이나 쓰는 아주 저렴한 문구를 서슴지 않고 구사하고 있었다.

고개를 갸웃거릴 만한 일이 아닐 수 없었다.

'설마 내가 이렇게 할 것이란 것에 대한 내막을 알고 있는 것은 아니겠지?'

그 설마가 맞았다.

8클래스 현자이기도 한 '해'는 크리스 버퍼가 무언가 수작을 부리고 있다는 것을 간파하고 부러 격에 맞지 않게 아주 저렴한 어투를 사용하고 있었던 것이다.

크리스 버퍼는 Dr. Seer를 다시 보다 그의 눈에 경멸을 떠올리게 하는 무언가를 발견할 수 있었다.

가슴이 뜨끔했지만 크리스 버퍼는 이를 전혀 내색하지 않고 프로답게 웃으며 자기의 임무를 수행했다.

[와아! 역시 초인이신 Dr. Seer다운 결과로군요. 그럼 스케줄에 따라 Dr. Seer의 첫 번째 상대인 브룩클린 시나와의 시합을 진행하기로 하겠습니다. 선수들을 제외하고 나머지 분들은 링 아래로 내려가 주시기 바랍니다.]

크리스 버퍼의 진행은 뜻밖의 방해에 의해서 실패하고 말았다.

뜻밖의 방해란 Dr. Seer의 전혀 예상 밖의 제안이었다.

Dr. Seer가 또다시 크리스 버퍼의 손에서 마이크를 빼앗아 들고 말했다.

[잠깐, 아직 내려가지 말고 다들 내 얘기부터 들으라고. 그대들이 이 친구처럼 약하다면 일대일로 싸우는 것이 뭔 의미가 있겠어? 어린애 손목 비트는 것도 아니고 말이지. 세 명이 전부 한꺼번에 덤벼보라고. 그래 봐야 채 5분도 걸리지 않을 것이지만 말이야.]

'해'가 이렇게 호언장담하는 나름의 이유가 있었다.

우선 강권의 모습을 하고 있는 호문클루스 '해'는 인간과는 달리 급소가 없었다.

물론 마법적 회로의 붕괴를 일으킬 정도의 타격이라면 사정이 달라지겠지만 호문클루스는 기본적으로 단백질 섬유로 만들어져 있어 미사일에도 견딜 수 있다.

지네트 쿠어린의 펀치 정도는 새 발의 피란 말이다.

강펀치의 소유자인 지네트 쿠어린의 펀치를 맞아 본 결과가 그 사실을 입증하고 있었다.

게다가 '해'가 8클래스 마법사여서 스피드 마법을 사용하면 최소한 너덧 배는 빨라지고 스트롱 마법을 사용하면 열 배 이상 힘이 강해진다.

따라서 지려고 해야 질 수 없는 게임이다.

가장 강하다고 느낀 지네트 쿠어린과 드잡이 한 결과가 그 정도라면 열 명이 덤빈들 몇 대 얻어맞으면서 한 명씩 각개격파를 한다면 게임은 그것으로 끝이라는 계산이 선 것이다.

이런 '해'의 입장에서는 많이 덤빌수록 더 생색을 낼 수 있게 된다.

내심 이런 계산 끝에 누가 듣더라도 터무니없는 제안을 한 것이다.

물론 '해'의 의도는 주인인 강권의 위상을 최대한 높이려는 것이었다.

문제는 정식으로 개최된 경기는 아니지만 이렇게 쉽게 경기 방식을 바꿀 수는 없다는 데 있었다.

물론 어차피 정식 경기가 아니어서 바꾸지 못할 것도 없을 것이다.

Dr. Seer의 예상 밖의 제안에 세 사람은 서로의 얼굴을 쳐다보았다.

체면이 거치적거리기는 하지만 상대가 제안을 했으니 그다지 신경 쓸 것도 없다는 속내를 가진 시선들이었다.

은연중 서로의 의사를 알게 된 세 사람 중 가장 선

배격인 핵터 그리시가 고개를 끄덕여 자신의 의사를 분명히 했다.

헬 케인이나 브룩클린 시나도 도저히 이기지 못할 상대와 굳이 일대일로 싸우고 싶은 생각은 없었다.

부정하고 싶었지만 방금 전에 목격한 사실을 토대로 내린 결론이었다.

그들은 프로였다. 프로는 돈으로 승부를 본다. 따라서 기왕에 이렇게 된 것 질 땐 지더라도 돈이라도 챙기자는 욕심이 생겼다.

그런데 기존에 Dr. Seer가 내건 조건은 이미 틀어진 것이나 다름이 없었다.

이것을 새롭게 갱신해야 한다.

비즈니스는 비즈니스라고 돈이 오갈 때는 모든 것을 확실하게 해두는 것이 좋다는 것이다.

[좋소. 경기 룰만 조금 바꾼다면 나는 아무래도 좋소.]

[나도 마찬가지요. Dr. Seer가 내건 조건만 현실적으로 고친다면 큰 불만은 없소.]

[나 역시 마찬가지요.]

이들의 말인즉 30초를 버티면 1,000만 달러를 1

분을 버티면 3,000만 달러를 주고 한 라운드를 버티면 1억 달러를 주겠다는 제안을 고치라는 것이었다. 또 이렇게 된 이상 전면 수정이 불가피했다.

한참의 논의 끝에 이미 녹아웃이 된 지네트 쿠어린을 제외하고 세 사람이 한꺼번에 덤비고 라운드당 5분씩 5라운드를 뛰는 것으로 다시 합의를 하게 되었다.

세 명의 선수가 1라운드에 끝내면 1억 달러, 2라운드에는 8천만 달러, 3라운드에는 6천만 달러 이런 식으로 라운드가 거듭될수록 2천만 달러가 차감하는 것으로 바뀌었다. 세 사람에게는 전혀 나쁘지 않는 조건이었다.

세 사람의 동의를 받은 '해' 는 쿨하게 외쳤다.

[딜.]

지네트 쿠어린이 배제된 가운데 이렇게 3:1로 싸우는 전대미문의 희한한 경기가 벌어지게 되었다.

그런데 출전 선수들이 합의를 한다고 해서 그것으로 결정되는 것은 아니다.

이미 돈을 주고 들어온 관중들은 물론이고 거액을 들여 방송권을 따낸 주관 방송사와도 합의가 도출되어야 한다.

관중들은 대부분 Dr. Seer의 팬이어서 '해'가 나서서 양해를 구했다.

관중들도 지네트 쿠어린의 강펀치를 맞고 아무렇지도 않은 것을 보았던 터라 열렬하게 지지를 해주었다.

주관 방송사인 ENBC SPN는 문제될 것도 없었다. 관중들의 열렬한 지지에 돈이 될 것이란 확신이 섰는지 선수들의 요청에 엄청 흥미로워했다.

Dr. Seer만으로도 흥미를 끌 수 있는데 전대미문의 이벤트까지 벌이자 이 기회에 한 몫 단단히 잡을 수 있다는 계산이 선 까닭이었다.

문제는 이 경기를 중계하는데 있어 과연 돈이 될 수 있는가가 관건이었다.

ENBC SPN 이사들은 몇 군데 광고 시장의 큰손들과 얘기한 결과 파이가 몇 배는 커질 수 있다는 것을 확인하고 조건부로 대회 지연을 최종 승낙했다.

경기 시간을 세 시간 후인 6시 30분(합의를 도출하면서 걸린 시간 30분을 감안한 결과다.)에 하는 것으로 하자는 것이었다.

단지 세 시간 정도 늦추는 것이 뭐 그리 대단할까 하고 생각하겠지만 그 세 시간 동안에 판이 족히 서너 배는 커져 버렸다.

단지 열 개뿐이던 광고가 삼십 개로 늘어났고 세계 각처로 녹화 송출하려던 중계가 위성 생중계로 바뀐 결과였다.

판이 이렇게 커지자 파이트 머니인 개런티 또한 네다섯 배로 껑충 뛰었고 최소 보장 200만 달러이던 개런티가 1,000만 달러가 되었다.

돈도 돈이지만 너무 어이 없이 깨져 버린 지네트 쿠어린도 끼고 싶어 했다.

그렇잖아도 주인의 위신을 최대한 높이려는 생각을 가진 '해'는 이것을 쿨하게 승낙을 해주었다.

다른 선수들도 큰 불만은 없었다.

지네트 쿠어린 같은 강자가 한손을 거들면 승산은 그만큼 커지기 때문이었다.

완전 흥미로운 것은 녹아웃된 경우와 스스로 포기하는 경우를 제외하고는 승부가 나지 않는 것으로 간주한다는 것이었다.

이건 완전 스포츠를 빙자한 합법적인 싸움이나 다름

이 없었고 로마 시대 콜로세움의 격투기에 비길 만한
생사쟁투가 아닐 수 없었다.

❖ ❖ ❖

세 시간 지연은 콘서트를 미리 함으로서 청중들의
무료함을 달래주어야 하는 것은 오롯이 KM엔터테인
먼트 소속 가수들의 몫이었다.

정해진 시간에 맞추어 컨디션을 조절하고 있던 가수
들은 원래보다 두 시간 반이나 빨리 스테이지에 서야
하는 게 여간 고역이 아닐 수 없었다.

그러다 보니 자연 불평이 나올 수밖에 없었다.

특히 가장 나이가 어려서 스테이지에 가장 먼저 서
야 하는 사차원들은 대놓고 불평을 했다.

"에이, 최 이사님은 일을 왜 이런 식으로 처리하신
것이지?"

"그러게 말이야. 애들 장난하는 것도 아니고 그러다
지면 무슨 망신이람."

그 얘기를 듣고 있던 모아가 나서서 사차원 애들을
나무랐다.

"너네들 그게 무슨 말이니? 큰 시합을 앞둔 이사님
께 응원을 해드리지 못할 망정 무슨 악담을 하고 있는
거야?"

"……."

"……."

"니들 듣지 못했어? 흰둥이들이 이사님 보고 옐로
우 멍키라고 하잖아? 그건 나나 너희들에게도 해당되
는 사항이야. 저들에 눈에는 우리들 역시 옐로우 멍키
에 불과하다고. 이사님은 그게 못마땅해서 무리를 해
서라도 본때를 보여주려고 하시는 것이란 말이다. 그
런데 뭐어? 그러다 지면 무슨 망신이냐고? 이것들이
오냐 오냐 해주었더니 정말 버릇이 없네. 이것들을 어
째? 니들 한국으로 돌아가고 싶어? 니들 없으면 콘서
트를 열지 못할 것 같아? 니들 없어도 콘서트 여는 데
는 전혀 지장이 없어. 이것들이 아무리 어리지만 기본
적인 것은 알아야 할 것 아냐? 니들은 그런 정도도 생
각지 못하는 닭대가리들이냐?"

모아의 호된 질책에 사차원 애들은 눈물을 흘리며
잘못했다고 빌었다.

사차원 애들이 모아의 말에 꼼짝을 하지 못하는 것

은 모아는 선배 가수일 뿐 아니라 KM엔터테인먼트에서 서열이 세 번째여서 그렇다.

KM엔터테인먼트에서 사차원 애들을 뮤즈 걸즈 후계자로 키우고 있다고는 하지만 모아의 눈 밖에 나면 그걸로 끝이라고 보아야 한다.

엄밀히 말해서 KM 소속은 아니지만 고수원 회장도 눈치를 보는 인물인 강권을 험담하다 그랬으니 고수원 회장으로서도 편을 들어주래야 줄 수가 없었다.

한바탕 지청구를 하고도 모아는 아직도 분이 풀리지 않은 듯 씩씩거리고 있었다.

그걸 보고 있던 '해'가 나서서 모아와 사차원 애들을 달래주었다.

"하하하, 모든 게 내가 무리를 해서 벌인 결과이니 그만 좀 하시지요. 사실 모아 씨 말마따나 흰둥이들이 나 보고 옐로우 멍키 운운하는 바람에 저들에게 본때를 보여주려고 내가 좀 오버를 한 것은 사실입니다. 그러니 내 얼굴을 봐서라도 이만 화를 푸시지요. 그리고 너희들에게도 미안하다."

"니들, 최 이사님 얼굴을 봐서 이번만은 참지만 다음에 또 그런 행동을 하면 가만두지 않을 거야. 외국에 나가서 가장 명심해야 할 것은 내 행동이 과연 우리나라에 이익이 되느냐 그렇지 않으면 손해가 되느냐를 먼저 생각해야 해. 너희들은 선배들이 고생고생하면서 닦아 놓은 한류의 기반 때문에 관광을 가듯 외국에 나가서 노래 몇 곡 부르고 오면 그뿐이지만 그 길을 닦은 선배들은 있는 설움 없는 설움을 다 받았어. 나만 해도 너희들보다도 훨씬 어린 열네 살에 일본에 혼자 떨어져서 얼마나 설움을 당했는지 알아? 우선 내가 다른 사람의 행위로 인해서 불이익을 당하는 불만보다 그 사람이 왜 그런 행위를 하지 않으면 안 되었는가를 먼저 생각해. 최 이사님은 그렇게 하지 않으셔도 누구에게도 부당한 대우를 받지 않으시는 분이야. 설사 미국 대통령도 최 이사님의 눈치를 볼 정도란 말이다. 그런데 그런 최 이사님께서 과연 자기 명성 때문에 그렇게 하셨을 것 같아? 우리나라 사람들이, 아니, 엄밀히 말하면 너희들 같은 후배 가수들이 앞으로 이 같은 부당한 대우를 받지 않도록 하기 위해서야. 너희들도 공인이니까 나 혼자만 생각지 말고 최 이사님처럼 내 팬, 내 이웃, 내 나라 사람들의 아픔도 조금은 생각할 줄 알아야 하는 거야. 오늘은 이만할 테니 눈물 뚝 그치고 그냥 쉬도록 해. 그런 기분으로 스테이지에 설 수 있겠어?"

모아는 이렇게 말하며 옛날 생각이 나는지 울먹이기까지 했다.

그걸 본 사차원 애들도 흐느끼며 잘못을 빌었다.

"흑흑흑, 아, 아니에요. 저희가 잘못을 해서 꾸지람을 받는 건데 어떻게 그럴 수 있겠어요? 조금만 시간을 주시면 평소보다 잘할 수 있을 것 같아요. 흑흑흑."

"흑흑흑, 예. 모아 언니, 조금만 시간을 주시면 평소 때보다 훨씬 나은 무대를 보여드릴게요. 흑흑흑."

사차원의 리타와 스텔라는 사실 오늘은 그만 쉬고 싶었지만 자기들의 잘못을 깨달았다는 의미로 스테이지에 서겠다고 했다.

그러면 평소의 모아 언니라면 알아서 쉬게 해줄 것으로 알았다. 그런데 모아는 그걸 기특하다고 생각을 했는지 금방 태도를 바꾸어 말하는 것이었다.

"그래? 기특하네. 그러면 그렇게 하든지. 하긴 니들도 프로고 앞으로도 계속 가수 생활을 해야 하니까 이보다 더한 조건에서도 공연할 수 있어야겠지. 그럼 너희들이 세 번째로 공연하는 걸로 할게. 잘해봐."

"예에? 예. 알았어요. 언니."

"예예. 알겠습니다. 모아 언니."

리타와 스텔라는 금방에라도 울고 싶은 심정이었지만 참을 수밖에 없었다.

"그래. 이번 무대를 잘 소화시킨다면 너희들의 실력도 그만큼 늘게 될 거야. 무대 위에서는 오직 즐기면서 노래를 부른다는 것을 잊지 말고."

"예. 흑흑흑."

"예. 흑흑흑."

"뚝. 그렇게 계속 울면 눈이 퉁퉁 붓잖아. 슬픔도 참을 줄 아는 게 진정한 프로인 거야. 알았지?"

"예. 딸꾹."

"예. 히히."

스텔라가 대답을 하면서 딸꾹질을 하자 그게 우스웠는지 리타는 웃음을 참지 못했다.

그걸 보고 있던 KM 소속 가수들은 한바탕 뒤집어졌다.

괜히 사차원이라고 한 게 아닌 것 같았다.

"어이구, 내가 니들 때문에 못 산다. 못 살아. 스텔라는 뚝."

"예. 딸꾹."

"히히히히."

"야! 웃지 마. 딸꾹."

"하하하하!"

백룡호 안은 눈물바다에서 금방 웃음바다로 변했다.

걸 그룹 사차원이 오프닝을 열어야 하는데 사정상 남자 그룹인 The Mith가 오프닝을 담당했다.

중국과 동남아시아로 시작된 K—Pop 한류 열풍은 일본과 유럽을 거쳐서 전 세계로 확산이 되어서인지 공연은 성황리에 진행되고 있었다.

특이한 점은 마지막 공연을 격투기 대회에 임하게 될 Dr. Seer가 맡았다는 것이었다.

Dr. Seer가 노래를 끝낸 시간은 세계 최강 파이터 대회가 개시되기 불과 10분 전인 6시 20분경.

두 곡이나 열창을 하고 불과 십 분을 쉬고 세계 최강 파이터 대회에 임해야 된다는 의미였다.

아니, 무대 의상을 갈아입고 격투기 준비를 하는 것 등을 따져 보면 쉬는 시간이 거의 없다고 보아야 한다.

가수가 한 곡을 부르는데 쏟아붓는 에너지는 격투기 선수가 1라운드를 풀로 뛴 것 이상이라는 말이 있다.

그 말에 따르면 Dr. Seer는 무려 7라운드를 뛴다는 것과 다름이 없었다.

물론 이것은 지금 노래가 홀로그램 영상 녹화를 통해서 짜깁기했다는 걸 알지 못해서 하는 생각이었다.

팬들은 세계 최강 격투기 대회 직전에 Dr. Seer가 노래를 부른 것에 대해서 걱정이 대단했다.

[Dr. Seer님 괜찮으시려나?]

[그러게? 조금 이른 시간에 노래를 하시고 쉬시다 나오시지. 한 명도 아니고 네 명하고 붙는다니 정말 큰일이 아니고 뭐야.]

[그렇지만 난 Dr. Seer님을 믿고 싶어. Dr. Seer님이 어디 보통 분이셔.]

[그렇기는 하지만 걱정되는 걸 어떡해?]

일반 관중들 눈에 이럴 정도였으니 전문가인 어네스트 후스트는 Dr. Seer의 행동이 도대체 이해가 되지 않았다.

'도대체 어떻게 싸우려고 그러는 거지? 정말 장풍

이나 지풍을 막 쏘아대고 그러는 거 아냐?'

메인 이벤트로 Dr. Seer의 노래가 끝나고 만인에게 의문을 던진 Dr. Seer의 돌발 행동의 결과는 이제 링 위에서의 심판만이 남게 되었다.

크리스 버퍼가 대회 개최를 알리기 위해서 링 위로 올라왔다.

[시청자 여러분 안녕하십니까? ENBC SPN의 캐스터 잘만도 프레이입니다. 여러분들은 지금부터 전대미문의 경기를 보시게 될 것입니다. 이 전대미문의 경기의 해설을 해주실 왕년의 K1 격투기 챔피언이셨던 어네스트 후스트를 모셨습니다. 안녕하십니까? 미스터 어네스트.]

[안녕하십니까? 미스터 잘만도.]

[어네스트, 이 경기를 어떻게 보십니까?]

[글쎄요? 제가 격투기에 입문한 지 30여 년이 다 되어 가는데 공식적으로 이런 경기는 처음이어서 딱히 뭐라 단정을 내릴 수는 없습니다. 또한 원래는 일대일 매치를 해설하려고 왔는데 갑자기 바뀌어 버려서 아무런 자료 준비가 되어 있지 않습니다. 그렇지만 한 가

지 말씀드리고 싶은 것은 아까 지네트 쿠어린의 펀치를 정통으로 관자놀이에 맞고도 끄떡하지 않았던 으음…….]

어네스트 후스트는 격투기 선수가 아닌 Dr. Seer의 이름이 입에 익지 않아서인지 자료를 뒤적거렸다. 그것을 본 캐스터 잘만도 프레이가 끼어들었다.

[아! 어네스트께서는 아까 Dr. Seer가 지네트 쿠어린의 펀치를 맞고도 끄떡도 하지 않은 것이 무척 인상이 깊으셨던 모양이군요?]

[예. 사실 인상이 깊은 정도가 아닙니다. 제가 격투기계에 오래 있다 보니까 우연한 기회에 크라브마가를 접할 수가 있었습니다. 크라브마가라는 무술은 이스라엘군에서 전투의 목적으로 고금동서의 온갖 무술을 접목시켜서 만든, 한마디로 실전 살인 무술이라고 할 수 있습니다. 따라서 인체의 치명적인 급소만을 가격하여 상대를 무력화시키는 무술이라고 할 수 있습니다. 그리고 그 크라브마가에서 가장 강한 사람을 꼽으라면 바로 지네트 쿠어린입니다. 그런 지네트 쿠어린의 펀치를 관자놀이에 정확하게 맞고도 끄떡하지 않은 맷집과 자기보다 훨씬 큰 지네트 쿠어린을 가벼운 펀치 한

방으로 재워 버린 강력한 펀치를 가진 Dr. Seer에게 경이를 ·느끼지 않을 수 없었습니다. 아마도 Dr. Seer는 지금은 절전되었다는 동양 고대 무술의 정화 (精華)라는 발경(發勁)의 경지에 이른 것이 아닌가 하는 추측을 하고 있습니다. 사실 좁은 링에서 네 명의 최강의 선수들과 싸우는 것이기 때문에 Dr. Seer가 절대적으로 불리한 것만은 사실입니다. 그렇지만 제 추측대로 Dr. Seer가 발경의 경지에 올랐다면 어쩌면 이 경기는 그의 승리로 끝날 수도 있을 것입니다.]

어네스트 후스트의 말은 놀라운 내용을 내포하고 있었다.

Dr. Seer가 동양 고대 무술의 달인일 것이라는 추측이 그것이었다.

그런 후스트의 말에 캐스터 잘만도가 동양 고대 무술의 정화라는 발경이 궁금했던 모양이었다.

[어네스트, 바르컁이라고 하셨는데 바르컁이 도대체 무엇입니까?]

[하하하, 미스터 잘만도, 바르컁이 아니고 발경입니다. 기공을 이용해서 대자연의 기운을 몸속에 쌓는 것을 내공이라고 하는데 발경은 그렇게 쌓은 기운을 편

치에 실어 상대에게 심각한 타격을 주는 방법이지요. 미스터 잘만도도 아까 보셨다시피 Dr. Seer이 잽을 날리듯 가볍게 주먹을 뻗었을 따름인데 지네트 쿠어린이 녹다운되지 않았습니까? 또한 제가 본 견지로는 분명히 Dr. Seer의 펀치가 지네트 쿠어린의 하복부를 때렸지 급소를 때리지 않았거든요. 어린애라도 쓰러지지 않을 그런 정도의 펀치에 맞고 쿠어린 같은 고수가 녹다운 당한 것은 내공의 힘을 빌리지 않으면 불가능하다는 것이 저의 생각입니다. 그러므로 제가 조심스럽게 추측해 보건데 아마 Dr. Seer는 지금은 전설로나 회자되는 내공의 고수일 것입니다.]

[아! 그렇군요. 말씀 감사합니다. 잠시 쉬었다 오겠습니다.]

잠시 쉬었다 온다는 말은 물론 광고 방송을 보내겠다는 말이었다.

자막에 비치는 광고 협찬사의 숫자가 장난이 아니었다. 시청자 대부분은 이 사전 광고 방송을 보지 않고 인터넷에 접속했다.

SNS(Social Networking Service)를 통해서 방금 전에 어네스트 호스트가 한 말에 대해서 묻고 싶었기 때문이리라.

　상당히 많은 사람들이 방송에서 어네스트 후스트가 Dr. Seer를 내공의 고수일 것이라고 한 말에 대해 관심을 끌었는지 인터넷이 금방 뜨겁게 달구어지고 있었다.

제3장

Dr. Seer의 종교는 인간종교?

Rpgq4901······ ; Dr. Seer이 내공의 고수일 거라고 어네스트 후스트가 말하던데 내공의 고수라는 게 무슨 말인가요?

QueM7784······ ; 헐, 님은 아직까지 내공의 고수도 모르삼? 내공을 가진 고수를 내가고수라고 하는데 장풍이나 지풍으로 상대에게 타격을 줄 수 있는 고수라는 의미임.

Rpgq4901······ ; 내공은 또 뭐구요?

QueM7784…… ; 헐! 님 단전 호흡은 아시져? 단전 호흡처럼 앉아서…… 그러니까 호흡을 통해서 우주의 기를 받아들여 몸속에 쌓는 것을 내공이라 하고 이렇게 쌓은 것을 공격을 통해서 외부에 방출할 수 있는 고수를 가리켜 내가고수라고 함.

……중략…….

Pgsr3583…… ; Dr. Seer이 내가고수일 거라는 어네스트 후스트의 말은 어쩌면 사실일지 모름. 나에게 Dr. Seer의 3년 전 동영상이 있는데 올리겠으니 참고하시기 바람.

Dr.psc7859…… ; Pgsr3583……님이 올려주신 동영상을 보았음. 정말 대박임. 안 보면 후회할 것임. Pgsr3583……님 즐감.

OPqjc2582…… ; Pgsr3583……님이 올려주신 동영상을 보면서 정말 무협지 생각이 났음. 엄청난 덩치가 들어 올리는 것을 버티는 것은 딱 보아도 천근추 수법이 분명함. 또 무거운 배낭을 낚아채며 세 명의 턱을 연달아 걷어차는 묘기는 경신술(輕身術)을 쓰는 게 아니고는 설명할 수 없음. 쿠쿠쿠쿠쿠.

Dr. Seer 사랑 8844 ; 님들의 글을 보고 있으니까 문득 Dr. Seer님께서 내가 고수가 확실할 것 같다는 생각이 들었음. Dr. Seer님의 노래를 들으면 마치 무협지에서나 나올법한 음공(音功)이 연상이 되는데 어떻게 생각하삼?

Han Lu 1357…… ; 달나라를 가는 시대에 음공이라니…… 믿기지는 않지만 왠지 믿고 싶음. 사실 처음에 Dr. Seer님의 노래를 듣고서 나도 모르게 마음을 빼앗겨 버렸음. 물론 그렇다고 정신을 홀라당 빼앗겼다는 말은 아님.

이처럼 강권의 편에 서서 호의적인 댓글을 올리는 사람이 있는가 하면 순 사기고 화면 조작이라는 댓글을 다는 소수의 사람들도 있었다.

Erty4444······ ; 헐, 저 동영상을 나도 본 적이 있음. 내가 볼 때는 다 개구라임. 따라서 내공이니 뭐니 하는 허황된 말은 절대로 믿을 게 못됨. 화면만 조작한다면 저런 동영상은 수도 없이 만들어낼 수 있음. Dr. Seer는 여러분도 알다시피 순 깡패 새끼임.

Ersga4682······ ; 헐, 너무 노골적인 신격화임. 안습!

Yotte9878······ ; Dr. Seer가 막 하산한 때라고 하던 예전의 동영상을 본 적이 있음. 근데 그게 불과 3년 전의 일임. 너무 사기 캐릭이라 믿을지 말지 솔직히 감이 오지 않음. 그래도 팔이 안으로 굽는다니······ 솔직히 Dr. Seer가 우리나라 사람이 아니면 믿지 않았을 거임.

물론 Dr. Seer에 대해서 노골적으로 비방한 Erty4444······는 불과 몇 분도 안 돼서 신상이 털리고 밖으로 나갈 수조차 없었다는 슬픈 이야기도 있었다.

그렇지만 6시 30분이 되자 몇 분간 뜨겁게 달구던 인터넷이나 트위터질도 잠잠해지고 대부분 TV 앞에 앉아서 전대미문의 경기를 주시했다.

[흥겨운 K—Pop을 듣다 보니 어느새 3시간이 훌쩍 지나갔군요. 여러분께서는 어떠셨습니까? 즐거우셨다고요. 나도 모르게 몸이 들썩거려지고 어깨가 으쓱거려지더군요. 그 맛에 K—Pop의 팬이 되었다고요? 아! 그렇군요. 그렇지만 여러분 지금은 K—Pop을 잠시 잊고 여러분께서 고대하시던 그 순서, 세계 최강 파이터 대회에 열중할 시간입니다.]

전 세계인들의 이목이 집중된 가운데 링 아나운서 크리스 버퍼가 선수들 한 사람, 한 사람을 소개하면서 드디어 세계 최강 파이터 대회가 시작되었다.

링은 보통 규격보다는 약간 크게 만들어졌지만 심판까지 거구 여섯이 한꺼번에 있기에는 터무니없이 작아보였다.

그렇지만 이렇게 약간 좁아 보인다는 것은 그만큼 난타전이 될 가능성을 시사해 주는 대목이었다.

그런데 소문난 잔치에 먹을 것이 없다더니 잔뜩 난타전을 기대한 경기가 3분이 지나도록 눈싸움으로 일관을 했다.

경기가 시작되자마자 Dr. Seer는 한가운데에 서서 검지를 까딱거리며 빨리 공격해 들어오라는 식으로 도발을 하고 그럼에도 불구하고 네 명의 파이터들은 섣불리 공격해 들어가지 못했다.

[역시 소문난 경기일수록 맥이 빠지는 경기가 될 가능성이 크나 보군요.]

[예. 링 한가운데에 우뚝 서 있는 Dr. Seer와 그의 주위를 뱅글뱅글 도는 네 파이터들의 접전 양상은 마치 70년대 무하마드 알리와 안토니오 이노끼의 경기처럼 될 것 같습니다. 그럼 관중들이 매우 실망할 텐데요.]

아니나 다를까 어네스트 후스트의 지적처럼 관중들은 경기 집중력이 떨어져서 가타부타 말들이 많았다.

[헐, 저 친구 무식한 거야? 아니면 용감한 거야? 왜? 날 잡아 잡수 하는 식으로 저렇게 꼼짝을 하지 않고 있는 거지?]

[그런데 저렇게 무식한 방법이 통하는 건 어인 일일까? 저거 봐. 저렇게 도발을 하는데도 네 명의 파이터들은 겁을 먹었는지 공격해 들어가지도 못하잖아? Dr. Seer가 정말로 내공의 고수라고 한 말이 맞는 걸까?]

[그건 그렇다 치고 저건 뭐하자는 짓들이래? 왜 싸우지도 않고 저렇게들 서 있는 거야? 네 명이서 한 사람에게 꼼짝도 못하는 것 같은데 설마 저 네 명의 파이터들이 돈을 받고 져주려고 하거나 하는 것은 아니겠지?]

[그러게? 그나저나 소문난 잔치에 먹을 게 없다더니 이런 꼴 보려고 비싼 돈을 들여서 온 건 아닌데 말이지.]

그러기를 대략 3분이 지났을 무렵에 링 위의 상황이 일변했다.

관중들의 불평을 듣기라도 한 듯 Dr. Seer가 빠른 움직임으로 네 명의 파이터들을 압박해 들어갔던 것이다.

[언빌리버블! Dr. Seer 선수 정말이지 완전 환상적인 몸놀림을 보여주고 있군요. 도대체 인간의 몸으

로 어떻게 저렇게 할 수가 있지요? 해설자님은 Dr. Seer 선수의 몸놀림을 어떻게 생각하십니까?]

[오! 저 역시도 Dr. Seer 선수의 몸놀림을 어떻게 설명조차 할 수 없군요. 중력 법칙의 지배를 받는 인간의 몸으로 저런 움직임을 보여준다는 거 자체가 Dr. Seer 선수가 내공의 고수라는 것을 입증하는 증거가 아닐까 합니다. 저, 저거 보십시오. 거의 제자리에서 뒤로 텀블링을 해서 거의 3m 높이로 뛰어오르고 5m가량 건너뛰었습니다. 높이뛰기 세계 신기록이 2m 45cm인 점을 고려하면 이것은 Dr. Seer가 내공의 고수가 아니라면 도무지 설명이 되지 않는 움직임이 아닐 수 없습니다.]

[아! 말씀드리는 순간 Dr. Seer 선수가 브룩클린 시나의 뒤쪽에서 번개 같은 움직임으로 양 옆구리와 좌우 경동맥, 관자놀이까지 무려 6연타를 순식간에 날려서 브룩클린 시나를 무력화시켰습니다. 경악스런 움직임입니다. 그런데 안타까운 것은 나머지 세 선수는 그런 Dr. Seer의 움직임을 바라만 봤을 뿐 브룩클린 시나에게 전혀 도움을 주지 못했다는 것입니다. 하지만 브룩클린 선수도 자기가 어떻게 당하는지도 모

르고 당할 정도였으니 더 말이 필요 없을 것 같군요. 어네스트, Dr. Seer 선수의 손날을 사용해서 한 공격은 레슬링 선수들이 이따금씩 상대를 공격할 때 사용하는 가라데 촙처럼 보이는군요. 어떻게 생각하십니까?]

[Dr. Seer 선수가 사용한 공격은 일명 가라데 촙이 맞습니다. 그런데 Dr. Seer 선수의 가라데 촙은 완전 촙의 교과서라고 봐야 할 것 같습니다. 제가 무술을 접한 지 거의 40여 년이 되어 가는데 아직까지 그 누구에게서도 저처럼 완벽한 촙을 보지 못했습니다. 정말 놀라운 일입니다. 오늘부터 저도 Dr. Seer 선수의 팬이 될 것 같습니다. 노래면 노래, 춤이면 춤, 그리고 무술까지 완전 못하는 게 없어 보이는군요.]

K1 그랑프리 챔피언 출신인 어네스트 후스트가 감탄을 연발하는 사이, Dr. Seer는 핵터 그리시를 태클로 무너뜨리고 백 마운트 자세에서 관자놀이에 펀치를 가하고 있었다.

핵터 그리시처럼 날렵한 선수를 태클로 넘어뜨린 것도 놀랍지만 단 두 대의 펀치로 녹아웃을 시켜 버린 것 역시 감탄을 자아내기에 충분해 보였다.

그런데 놀라운 일은 그것으로 끝이 아니었다.

핵터 그리시가 녹아웃이 되자마자 그대로 공중으로 뛰어 올라 돌려차기로 헬 케인의 관자놀이를 강타해서 실신시켜 버렸다.

핵터 그리시를 타고 앉아 있는 자세에서 거의 2m를 뛰어오른다는 자체가 경의적인 것인데 돌려차기로 관자놀이까지 맞히다니 정말이지 보고도 믿기지 않는 광경이었다.

......

관중들은 아무 말도 하지 못하고 그저 입을 쩍 벌린 채 눈만 동그랗게 뜨고 있었다.

그도 그럴·것이 Dr. Seer가 브룩클린 시나와 핵터 그리시, 헬 케인 세 명의 초특급 선수들을 실신시켜 버린 시간은 정말이지 눈 깜짝할 정도의 시간밖에 흐르지 않았다는 게 직접 보고도 믿어지지 않았기 때문이다.

마지막 남은 지네트 쿠어린은 눈앞의 사태에 기겁을 했는지 뒤도 돌아보지 않고 그냥 링 밖으로 내빼 버리고 말았다.

지네트 쿠어린이 도망가는 것을 보고 관중들은 겁쟁이라고 생각할지 모르겠지만 실은 그처럼 단순하지 않았다.

　지네트 쿠어린이 도망간 배경에는 어지간한 소드 마스터도 찜을 쪄 먹을 수 있는 8클래스 마법사인 '해가 피어를 쏘아냈기 때문이었다.

　그런 지네트 쿠어린의 태도에도 불구하고 미니트 메이드 파크는 완전 조용할 따름이었다.

　이미 Dr. Seer의 신기에 놀란 나머지 사고가 마비되어 버렸던 것이다.

　말하자면 심판도, 관중들도, 해설자나 캐스터조차도 경악의 바다에 빠져 아무 소리도 하지 못하고 있었던 것이다.

　얼마나 지났을까 누군가 일어나서 박수를 치자 그제야 비로소 경악을 털어 낸 관중들이 일제히 일어나서 손바닥에 불이 나도록 박수를 쳐댔다.

　짝, 짝, 짝, 짝!

　한참을 박수를 치던 관중들은 누군가의 입에서 시작되었는지 Dr. Seer를 연호하고 있었다.

　[Dr. Seer!]

[Dr. Seer!]

[Dr. Seer!]

…….

미니트 메이드 파크에는 오롯이 Dr. Seer를 연호하는 소리만 메아리치고 있었다.

이 순간에 미니트 메이드 파크를 지배하고 있는 것은 오직 Dr. Seer뿐이었다.

미니트 메이드 파크에는 더 이상의 인종차별도 Dr. Seer에 대한 반감도 없었다. 오직 Dr. Seer에 대한 경배만이 있을 뿐인 것이다.

그런 관중들의 환호와 경배에 Dr. Seer는 링 가운데에 두 손을 들어 올려 환한 미소로 답해주고 있었다.

그런데 관중들의 열렬한 환호 소리에 비로소 깨어났는지 브룩클린 시나가 일어나 고개를 세차게 저으며 정신을 차리려 안간힘을 쓰고 있었다.

그러다 정신이 들었는지 Dr. Seer를 발견하고는 다짜고짜 뒤에서 암록으로 Dr. Seer의 목을 조여 버렸다.

자세는 완벽했다.

오죽 했으면 몬스터라고 불릴 정도로 힘이 엄청 센 브룩클린 시나의 변형된 길로틴 쵸크에 완벽하게 걸린 이상 그 누구도 빠져나올 수 없을 것이다.

[앗!]

[까악!]

박수를 치며 Dr. Seer를 연호하던 관중들은 믿기지 못할 상황에 비명을 질러댔다.

[비겁하다. 브룩클린 시나.]

[우, 어떻게 저럴 수가……]

우, 우, 우!

경기가 이미 끝난 상태에서 뒤에서 Dr. Seer의 목을 조이는 비겁한 행동에 관중들이 야유를 했지만 브룩클린 시나는 암록을 풀 생각을 하지 않고 목을 조이고 있는 팔뚝에 더욱 힘을 가할 뿐이었다.

이대로 1~2분만 있으면 뇌에 산소를 공급하는 경동맥이 막혀 Dr. Seer는 빈사 상태에 빠질 것이다. 지금 누군가의 도움이 없다면 그럴 확률이 100%가 될 것이다.

그렇지만 이 상황에서 누가 Dr. Seer에게 도움을 줄 수 있을 것인가?

모두가 Dr. Seer가 이대로 쓰러질 거라고 생각하고 있는 그때 기적이 일어났다.

Dr. Seer의 팔꿈치가 브룩클린 시나의 옆구리를 가격하면서 암록을 풀어 버리고 도리어 브룩클린 시나의 팔을 잡고 비틀어 버렸던 것이다.

브룩클린 시나는 192cm에 온몸이 근육으로 뭉쳐진 130kg의 거구였다.

그런 브룩클린 시나를 호리호리한 Dr. Seer가 순수하게 힘만으로 팔을 비틀어 버릴 수 있다니 어떻게 믿을 수 있겠는가?

[와! 놀랍군요. 어떻게 저 상황에서 빠져나올 수 있나요? 보고도 믿어지지 않는 상황이 아닐 수 없습니다. 후스트 씨, 도대체 저게 가능한가요?]

[저도 지금 믿기지 않는군요. 사실 이론적으로야 뒤에서 목을 조일 때에는 팔꿈치로 상대의 옆구리를 가격해서 빠져나올 수 있기는 합니다. 그렇지만 저렇게 꼭 붙어 있는 상황에서 팔꿈치로 옆구리를 가격하는 것은 그다지 파괴력이 없어서 현실성이 없는 방법입니다. 발뒤꿈치로 상대의 발을 강하게 밟아 빠져나오는 방법이 차라리 좋습니다. 발등에는 몸의 힘을 일시에

빠지게 만드는 급소가 있기 때문입니다. 또 한 가지 염려되는 것은 상대는 두 손이 자유로운 상태여서 여의치 않으면 목의 경추를 탈골시켜 버릴 수도 있다는 것입니다. 그리고 간과할 수 없는 것은 저렇게 팔을 비트는 것은 오직 힘과 힘의 대결이기 때문에 Dr. Seer가 괴력남인 브룩클린 시나를 능가하는 힘을 가졌다고밖에 볼 수 없다는 점입니다. 한마디로 이 상황을 표현하자면 언빌리버블하다고 할 수밖에 없습니다.]

[아! 이 순간 브룩클린 시나가 관절이 뒤틀리는 고통을 이기지 못하고 자신의 어깨를 두드리면서 항복을 표시하는군요. Dr. Seer가 그걸 발견하고는 순순히 브룩클린 시나의 팔을 풀어줍니다. Dr. Seer는 한마디로 말해서 대인배라고 할 수밖에 없겠군요. 후스트 씨, 이것으로 세계 최강 파이터 대회는 끝이 난 것인가요?]

그런데 그 순간 1라운드가 끝났음을 알리는 공이 울렸다.

캐스터 잘만도 프레이의 물음에 경기가 끝났다고 대답하려던 어네스트 후스트는 무언가를 뒤적거리며 고개를 갸웃거리면서 말했다.

　[한 사람은 도망을 갔고, 한 사람은 기권을 했으며 두 사람은 실신 상태이니까 사실상 끝이 났다고 할 수 있겠네요. 그렇지만 이번 대회의 규정에는 선수가 명백하게 기권의 의사 표시를 한 때, 선수가 도저히 경기를 속행할 수 없다고 판단되어 레프리가 아웃 선언을 한 때 그 선수는 아웃이 된다고만 되어 있습니다. 그런데 두 사람이 실신한 상태에서 레프리가 아웃 선언을 하지 않은 채로 1라운드가 끝났다는 공이 울렸습니다. 그리고 그 순간 실신해 있던 두 선수가 정신을 차리고 일어났습니다. 이렇다면 예기치 않게 경기가 속개가 되고 엄밀히 말해서는 게임 오버는 아니라고 봐야 하나요? 만약에 두 선수가 경기를 계속하겠다는 의사 표시를 한다면 경기는 속개될 수도 있겠는데 말입니다. 대회가 워낙에 비상식적이다 보니까 상황 역시나 상식 밖의 상황이 연출된다고 할 수밖에 없겠군요.]

　후스트의 해설에 관중들은 일제히 야유를 보내고 있었다.

　그제야 레프리는 자기의 잘못을 인지했는지 헬 케인

과 핵터 그리시의 진영으로 가서 경기를 계속할 것인지 묻고 있었다.

그런데 어찌 된 일인지 이야기가 쉽게 끝나지 않고 있었다.

네 사람이 붙어도 순식간에 결단이 났는데 두 사람이 빠진 상황에서 두 사람만으로는 도저히 승산이 없어 보였지만 핵터 그리시와 헬 케인이 경기를 계속할 수 있다고 고집을 부리고 있는 것 같았다.

[이봐! 핵터, 내가 이런 말하면 어떻게 생각할지 모르겠지만 자네는 이미 펀치를 맞고 실신했던 몸이란 말이야. 얼른 병원에 가서 엑스레이와 MRI를 찍어 보아야 해.]

[내 몸은 내가 잘 알아. 관자놀이에 맞고 기절한 것은 사실이지만 뇌에는 아무런 이상이 없어. 내가 깨어나지 않았다면 모르지만 내가 깨어난 이상 죽어도 링 위에서 죽을 거야.]

헬 케인 역시 핵터 그리시와 같은 말을 하며 경기를 계속하겠다고 고집하고 있었다.

이렇게 실랑이를 하고 있는 사이에 공이 울려 2라운드가 시작되었다.

레프리는 자신의 권한으로 잠시 경기를 중지시킨 다음에 Dr. Seer에게 자신의 실수에 대해 사과를 하고 현 상황에 대해 설명했다.

[Dr. Seer 어떻게 하시겠습니까? 이대로 경기를 속개시켜도 되겠습니까?]

레프리에게 강력하게 항의를 해도 될 상황이었지만 Dr. Seer는 쿨하게 대답했다.

[우리나라 속담에 죽은 사람 소원도 줄어준다는데 까짓 산 사람의 소원을 들어주지 못할까라는 게 있습니다. 내 대답은 YES입니다.]

[그럼 경기를 속개하도록 하겠습니다.]

레프리는 Dr. Seer에게 이렇게 말하고는 장내 마이크로 이 대회의 규정을 설명하고 그 규정에 따라서 경기가 속개 된다는 멘트를 했다.

그걸 듣고 있던 관중들은 엉터리라고 야유를 보냈지만 Dr. Seer가 나서서 관중을 달랬다.

[Dr. Seer입니다. 여러분께 몇 말씀 드리고자 합니다. 우선 방금 레프리의 멘트는 저와 여기에 계신 핵터 그리시, 헬 케인 등이 합의를 해서 만들어진 규칙입니다. 그러므로 마땅히 존중받아야 한다고 생각합

니다. 또한 헬 케인과 핵터 그리시가 싸우려는 의사가 있는 한 정해진 대로 5분 5라운드 경기로 진행될 것입니다. 헬 케인과 핵터 그리시는 진정한 프로이고 투사입니다. 마땅히 여러분께 존중받아야 할 존재라는 것입니다. 두 번째로 밝힐 것은 아까 브룩클린 시나가 암록 쵸크로 저의 목을 공격한 사안입니다. 여러분께서는 뒤에서 무방비 상태에 있는 저를 공격한 브룩클린 시나 선수를 비겁하다고 하셨는데 저는 그의 공격이 프로 선수이면 당연히 그렇게 해야 하는 거라고 말하고 싶습니다. 저의 타격을 받고 실신한 상태에서 당시 상황을 인지하지 못하고 공격했기 때문에 브룩클린 시나의 공격은 당연한 공격이었습니다. 만약 저라도 그 상황에서는 그렇게 공격했을 것입니다. 브룩클린 시나 선수에게도 경의를 표합니다. 여러분께서는 남은 나머지 네 라운드 경기를 재미있게 보아주시기 바랍니다.]

Dr. Seer가 이렇게 말했지만 관중들도 그가 부로 헬 케인과 핵터 그리시, 브룩클린 시나를 추어주기 위해서 그렇게 말했다는 것을 알았다.

그래서인지 Dr. Seer의 멘트가 끝나자 관중들은

일제히 기립박수를 치면서 Dr. Seer를 연호하기 시작했다.

[Dr. Seer!]

[Dr. Seer!]

[Dr. Seer!]

……

이 상황에서 더 이상 싸우는 것은 억지라는 것을 깨달았는지 돌연 헬 케인과 핵터 그리시는 기권을 하고는 양옆에서 Dr. Seer의 팔을 들어주었다.

그 광경에 관중들은 박수갈채를 보냈다.

[아! 정말 아름다운 광경이군요. 후스트 씨께서는 어떻게 생각하십니까?]

[미스터 잘만도, 동양의 속담에 때를 아는 자야말로 진정한 영웅이라는 말이 있습니다. 오늘 경기를 보고 느낀 것은 Dr. Seer야말로 진정한 대인배이고 헬 케인과 핵터 그리시, 브룩클린 시나 선수들은 영웅이라는 것입니다. 이 경기가 비록 5분 1라운드밖에 진행되지 않았지만 보는 사람들로 하여금 5개월, 아니, 5년 이상 겪어도 얻을까 말까 한 교훈들을 주었습니다. 단지 그것만으로도 이 경기는 가치가 있다고 단언합니

다. 정말 잘 봤습니다. 그리고 존경합니다. Dr. Seer님.]

[이것으로 오늘의 ENBC SPN 특집 스포츠의 모든 방송을 마치도록 하겠습니다. 후스트 씨 오늘 좋은 해설을 해주셔서 감사합니다. 저는 ENBC SPN의 캐스터 잘만도 프레이였습니다.]

잘만도 프레이의 클로징 멘트가 끝나가는 순간에 Dr. Seer가 말하는 것을 보고는 카메라를 클로즈업 상태로 그대로 두기로 했다.

어차피 미니트 메이드 파크 측과 계약되어 있는 방송 시간은 아직 여유가 있었기 때문에 그대로 두어도 상관이 없었다.

ENBC SPN 방송국 관계자들은 파란의 연속인 이번 세계 최강 격투기 대회였는데 까짓 마지막까지 한 번 더 사고를 쳐봐라 하는 마음도 없지 않아 있었다.

그런데 이런 바람이 통해서였을까?

Dr. Seer가 정말로 사고를 쳐버렸다.

이 사고의 서막은 소소하게 노래 한 곡으로부터 시작되고 있었다.

[여러분, 저는 저를 끝까지 성원해 주신 여러분들을 위해서 마지막으로 노래 한 곡을 선물하고 싶습니다. 노래는 여러분들께서 한 번쯤은 들어보셨을 'Life Is Beautiful Thing.' 이라는 곡입니다. 이 노래 제목처럼 오늘 저는 인생이 무척이나 아름답다고 느꼈습니다. 제가 여러분께 당부하고 싶은 것은 인생을 아름답게 만들어주는 것은 다름 아닌 인간들이라는 것입니다. 여러분들께 죄송한 말씀을 드리자면 저는 신(神)을 믿지 않는다는 것입니다. 아! 제 말씀은 신의 존재를 부정하는 게 아니라 나와 내 가족의 행복을 위해서 신을 믿지 않는다는 의미입니다. 대신 저는 인간을 믿습니다. 피부색이나 빈부귀천을 떠나서 순수하게 인간 그 자체를 믿습니다. 또한 인간이 인간을 위해 주지 않는다면 신은 절대로 인간을 위해 주지 않는다는 것이 천고의 진리임을 믿습니다. 굳이 저에게 종교가 있다면 인간종교라고나 할까요? 제가 '홍익인간' 이라는 재단을 만든 것도 인간을 위해서입니다. '홍익인간' 이라는 말은 널리 인간을 이롭게 한다는 의미를 갖고 있습니다. 쓸데없이 장황한 말을 늘어놓았군요. 'Life Is Beautiful Thing.' 을 끝으로 여러분과

작별을 고하겠습니다. 여러분 감사합니다. 그리고 사랑합니다.]

Dr. Seer, 즉 '해'는 이렇게 말하고는 백룡호로 올라갔다.

그리고 잠시 후에 'Life Is Beautiful Thing.'이 희망의 메시지를 전하면서 미니트 메이드 파크에 울려 퍼지기 시작했다.

물론 이 'Life Is Beautiful Thing.'은 과거 강권이 불렀던 것을 녹화한 것이었지만 그것을 알아차리는 사람은 아무도 없었다.

그런데 문제는 마지막에 Dr. Seer가 클로징 멘트를 한 것과 'Life Is Beautiful Thing.'의 결합되어 만들어진 상승효과였던지 관중들이 Dr. Seer를 연호하며 집으로 돌아갈 생각을 하지 않는다는 것이었다.

[Dr. Seer!]

[Dr. Seer!]

[Dr. Seer!]

…….

강권이었다면 이 상태에서 백룡호를 다음 행선지로

출발시켰을 것이지만 지금 Dr. Seer의 탈을 쓴 존재는 안타깝게도(?) 강권이 아니었다.

'해 는 기다렸다는 듯 다시 나와서 감사의 인사를 하다 도중에 앵콜이라는 말이 들리자 연달아서 노래를 이어갔다.

그런데 이건 노래 한 곡이 아니라 완전 개인 콘서트 수준이었다.

'해 는 이 자리에 모인 관객들과 방송을 보는 시청자들을 Dr. Seer의 광신도로 만들어 버릴 작정을 한 모양이었다.

'이거 대박이다!' 라는 생각이 들자 ENBC SPN 특집 스포츠 방송 관계자들은 부랴부랴 현장을 정리하려던 직원들에게 계속 현장을 찍을 것을 주문했다.

물론 곁다리로 위성 중계하던 것들은 그대로 끝낸 상태였다.

경기가 그렇게 끝나고 두 시간가량의 뒤풀이(?)를 하고 나서도 성이 차지 않았던지 인터넷은 다시 Dr. Seer 찬양으로 뜨겁게 달구어지기 시작했다.

Dr. Seer 사랑 8844 ; Dr. Seer님이 신을 믿지

않는다고 하셨을 때 가슴이 철렁했음. 그런데 그 다음에 "굳이 저에게 종교가 있다면 인간종교라고나 할까요?"라고 하셨을 때 안도의 한숨을 쉬었음. 그리고 "대신 저는 인간을 믿습니다. 피부색이나 빈부귀천을 떠나서 순수하게 인간 그 자체를 믿습니다. 또한 인간이 인간을 위해 주지 않는다면 신은 절대로 인간을 위해 주지 않는다는 것을 믿습니다."라고 하셨을 때는 정말이지 나도 모르게 눈물이 찔끔했음. 나도 앞으로 인간종교로 개종하겠음. 신도 1호.

Erty4444……; 저는 일본인이고 Dr. Seer님을 씹어서 신상이 털린 사람입니다. 그렇지만 앞으로 저는 저의 부모님보다 Dr. Seer님을 더 존경하고 섬기도록 하겠습니다. 이건 제 목숨을 걸라고 해도 그렇게 할 수 있습니다. 돌아온 탕아라고 생각해 주시고 과거 저의 잘못을 용서해 주시기 바랍니다. 저는 앞으로 국적을 떠나서 절대적으로 Dr. Seer님을 더 존경하고 섬기도록 하겠습니다. 약속드립니다. 돌아온 탕아.

……중략…….

Ersga4682······ ; 저 역시 Dr. Seer님에 대해서
크게 호의적이지 못한 사람입니다. 저는 중국인이거든
요. Erty4444······님처럼 저도 앞으로는 국적을 떠
나서 절대적으로 Dr. Seer님을 더 존경하고 섬기도
록 하겠습니다. 약속드립니다.

······중략······.

EQtpy4684······ ; 이 기회에 아예 Dr. Seer님을
찬양할 수 있는 조직을 만들어 보는 게 어때염? ······
중략······. 뭐 이 정도의 일을 하신 Dr. Seer님이시
라면 뭐 예수나 석가 같은 성인들과 비교를 해도 크게
손색이 업자나여? 게다가 우리 Dr. Seer님은 아직
살아 계시다고여.

······중략······.

온라인에서 하던 토론을 오프라인으로 연장하는데
결정적인 역할을 한 것은 EQtpy4684······의 댓글

이었다.

EQtpy4684……는 강권도 전혀 알지 못하는 수백 가지의 선행을 친절히 나열해 주시는 만행(?)을 저질렀다.

물론 이 만행의 주인인 EQtpy4684……는 '해'가 만든 가상의 아이디였다.

'해'의 자기의 주인을 '최고'로 만들려는 만행(?)은 '해'가 의도한 대로 인터넷뿐만 아니라 모든 매스컴들은 앞을 다투어, Dr. Seer의 밝혀지지 않는 선행을 특집 기사로 다루기 시작했다.

게다가 세계를 뒤엎을 만한 수백 가지의 알짜배기 특허를 갖고 있으면서도 세계 경제를 고려해서 그것을 상품화하지 않고 있는 것이라든지, 수십 억 달러 규모의 재단을 만들어서 매년 수억 달러를 기부하고 있는 것이라든지, 저개발국의 미래를 위해서 어린아이들에게 중점적으로 투자를 한다든지, 등등 수백 가지나 되는 선행들이 방송으로 세상에 알려지면서 급기야 노벨평화상 후보로까지 거론하기 시작했다.

덩달아 재단의 이름인 '홍익인간'이 대한민국의 정치, 경제, 사회, 문화의 전 방면에 걸친 최고의 이념으로 대한민국의 윤리 의식과 사상적 전통의 밑바탕을 이루고 있다고 떠들어댔다.

이처럼 '해'가 주인인 강권을 위해서 무작정 벌인 일로 인해 강권은 물론이거니와 대한민국까지 덩달아 세계인들에게 떠받들어지고 있다는 점에서 모사재인이고 성사재천이라는 말이 생각나게 하는 것은 어인 일일까?

제4장
만 하루를 드리겠습니다.
그 다음은 알아서 상상하십시오(2)

—주인아, 버라마도 아무 일 없고. 올 사람도 더 없는 것 같은데 그만 가는 게 어떨까?

　"문제는 그게 아니잖아. '달' 너도 생각해 봐. 저 자들이 도발을 했는데 왜 도발을 했는지 파악도 하지 않고 그냥 간다면 좀 그렇지 않을까?"

　—하긴, 그건 그런데 말이야. 주인은 어떻게 할 건데?

　"조금 더 기다리다 저들이 모여서 회의를 할 때 그 장면을 녹화하는 걸로 하자. 얼마 전에 네가 고안한 [필드 레코드] 아티펙트의 성능도 실험할 겸

말이야."

—주인아, 그건 이미 성공작으로 판명이 난 거잖아?

'달'은 자기가 고안한 [필드 레코드] 아티펙트의 성능을 실험한다고 하자 약간 기분이 나빠진 듯 툴툴거렸다. 그걸 듣고 있던 강권은 한마디 했다.

"'달'아 성공작으로 판명이 난 것은 아무런 방해 요소가 없을 때 일이잖아. 백악관이 어떤 곳이라고 생각해. 마법적인 장해는 아니지만 첨단 과학 장비들이 도배되어 있는 곳이야. 그런 환경에서 실험했던 것은 아니잖아."

—……

"그럼 얼추 모인 것 같으니까 내가 얼른 내려가서 아티펙트를 설치하고 올게."

강권이 막 '보라매'에서 나가려는 순간에 서원명 대통령으로부터 전화가 걸려왔다.

'또 무슨 일로 전화를 한 거지?'

강권은 전화를 받지 않으려다 혹시나 하는 생각에 전화를 받았다.

"여보세요. 대통령님, 무슨 일로 전화를 주셨습니까?"

―강권이 축하하네.

　"엥, 뭘 말인가?"

　―이 친구하고는 엄청 대형 사고를 치고는 발뺌하기는.

　"대형 사고? 정암이 자네 지금 무슨 말을 하고 있는 건가?"

　―허어, 이 친구 보게? 그렇게 큰 대형 사고를 쳐놓고 끝까지 이러긴가?

　"헐, 정암이, 자네 나 보고 자꾸 대형 사고를 쳤다니 그게 도대체 무슨 말인가?"

　―어, 자네 정말로 몰라서 하는 소리인가? 자네가 오늘 저녁에 휴스턴 미니트 메이드 파크에서 벌인 일로 인해서 세상이 온통 난리가 아닌데 말이야. 그것이 어떻게 대형 사고가 아닌가?

　'허어, 이 친구 보게? 지금 무슨 말을 하고 있는 거야? 나는 지 부탁을 들어주느라고 아침 댓바람부터 워싱턴에 와서 막말로 뺑이 쳐가면서 지금 백악관의 동태를 살피고 있는 중이구만 도대체 무슨 말이 듣고 싶은 거냐?'

　그러다 문득 '해'에게 자신을 대신해서 휴스턴 미

니트 메이드 파크의 일을 처리하게 한 것이 생각났다.

평소 고지식하고 FM인 '해' 라면 최대한 조용하게 일처리를 할 것이라는 기대를 갖고서 말이다.

그런데 믿는 도끼에 발등을 찍힌다고 '해' 가 대형사고를 쳤단다.

'어휴, 가지 많은 나무에 바람 잘 날 없다더니……어? 이것은 아닌가? 아무튼 하나가 잠잠하니 다른 하나가 대신하네. '해' 이 녀석은 도대체 무슨 사고를 친 것이라니?'

내심 이런 생각이 들자 강권은 살짝 기분이 나빠져서 퉁명스럽게 대꾸했다.

"내가 어쨌다고? 정암이, 그게 도대체 무슨 뚱딴지 같은 소리인가? 나는 식전 댓바람부터 지금까지 쭉 워싱턴에 있었는데 도대체 그게 무슨 말인가?"

―어? 자네 아침부터 지금까지 쭉 워싱턴에 있었다고? 정말로 자네 지금 휴스턴에 있지 않는가?

"자네 귀 먹었나? 방금 내가 말하지 않았나? 아침부터 지금까지 쭉 워싱턴에 있었다고? 그런데도 내가 지금 휴스턴에 있지 않았냐니? 나는 자네의 부탁을 들어주느라고 아침 댓바람부터 워싱턴에 와서 막말로 삥이 쳐가면서 지금 백악관의 동태를 살피고 있는 중이구만 정암이, 자네는 뭐어? 지금 휴스턴에 있지 않느냐고? 나 지금 기분이 엄청 나빠져서 더 이상 워싱턴에 있고 싶은 생각도 없어지는데 자네는 거기에 대해서 어떻게 생각하는가? 지금 당장 휴스턴으로 돌아갈까?"

강권의 시큰둥한 대꾸에 서원명 대통령은 말문이 막힌 듯 한참 동안이나 꿀 먹은 벙어리처럼 잠잠하더니 한참 후에야 이상하다는 듯 물었다.

—허어, 그것 참! 자네 혹시 인터넷이 되면 한 번 확인을 해보게. 자네가…… 아니, 자네를 닮은 사람이 휴스턴에서 벌인 일로 인해 자넨 지금 인터넷에서 테레사 수녀보다 더한 인물이 되어 있다네. 자네에게 노벨 평화상을 주어야 한다는 사람들이 벌써 수천만 명이 넘었어. 미국에서만 지금 천만 명 이상이 자네에게 노벨 평화상을 주어야 한다고 서명했다고 하네. 그것뿐이 아니네. 자네 위상은 인간을 벗어나 예수나 석가와 거의 동격이 되어 있다네. 그러니 내가 대형 사고를 쳤다는 말이 나오지 않겠는가?

'올레, 이건 또 무슨 말이래?'

강권은 너무 황당해서 말문이 막혀 버렸다.

강권이 아무 말이 없자 이번에는 서원명 대통령이 궁금한 것을 물어왔다.

—강권이, 자네가 워싱턴 상공에서 있었다면 도대체 자네를 대신해서 미니트 메이드 파크에서 벌어진 세계 최강 격투기 대회에 참가한 인물은 누구이고, 노래를 부른 사람은 또 누구란 말인가?

'하! 이거야 원.'

강권은 문득 서원명 대통령의 격장지계에 당했다는 생각이 들었다.

이제는 '해'에게 자기를 대신하게 한 것을 꼼짝없이 토설해야 될 판이다.

"휴우, 이것은 자네만 알고 있게나. 세계 최강 격투 대회에 나를 대신해서 참가한 존재는 바로 일종의 안드로이드라고 보면 되네. 아직까지는 실험적이지만 거의 완성형에 가깝네."

—안드로이드? 그거 로봇 같은 것 아닌가?

"맞네. 첨단 로봇이라고 보면 될 것이네."

—호, 그런가? 그래서인지 이따만한 떡대들에게 정

통으로 얻어맞고도 까딱하지 않았었군. 그런데 무엇으로 만들었기에 그렇게 강한가?

강권은 서원명 대통령의 물음에 선뜻 대답을 할 수 없었지만 '해'의 실체를 생각하자 절로 웃음이 나왔다.

"하하하하, 그게 좀 강한 편이긴 하지. 이론상이기는 하지만 심해에서도 활동이 가능하고 심지어 펄펄 끓는 마그마 속에서도 잠깐 동안은 기동할 수 있을 정도라네. 하하하하."

―호오, 그래? 그럼 군사용으로도 충분히 사용할 수 있겠군. 그렇지 않은가?

강권은 서원명 대통령이 '해'에게 군침을 삼키고 있다는 걸 느끼고 황당해져서 속으로 구시렁거렸다.

'에효, 이 양반아, 이 양반아, 달랠 걸 달래야지? '해'는 억만금을 줘도 돈으로는 살 수 없는 거라고……!'

그렇지만 이렇게 말할 수는 없어 슬쩍 말을 돌려 거절했다.

"큼큼, 군사용으로 사용하지 못할 것도 없겠지만 참고적으로 말하면 그 안드로이드를 만들기 위해서 수십

억 달러가 들었으니 군사용으로 사용한다는 건 소 잡는 칼로 닭을 잡는 격이랄까 아무튼 그렇다네. 제한적으로 사용이 가능한 안드로이드에 수십억 달러를 쓰는 것은 좀 그렇지 않겠나?"

─뭐시라! 그걸 만드는데 수십억 달러가 들었단 말인가?

"내가 작업을 했으니 그 정도지 만약 다른 사람이 저걸 만들겠다고 한다면 100억 달러, 아니, 1,000억 달러를 써도 어림도 없을 것이네."

강권은 이렇게 말하면서 내심 양심에 찔렸다.

그렇지만 전혀 없는 말은 아니었다. 에고 기능을 가진 아티펙트를 누가 만들 수 있겠는가?

아니, '해'를 만든 드래곤 하트조차도 구하지 못할 것이 분명하다.

서원명 대통령은 '해'의 기능에 만족하면서도 수십억 달러라는 말에 포기할 수밖에 없었다.

하지만 TV에서 본 기능 정도라면 충분할 것도 같았다. 그 정도만 해도 과거 TV 외화로 보았던 '600만 불의 사나이' 보다 나을 것 같았기 때문이다.

─큼큼, 강권이 나도 양심이 있지 어떻게 그걸 달라

고 하겠나? 그거는 말고 그거 몇 백만 달러에서 몇 천 만 달러 사이의 적당한 가격대로 다운그레이드해서 정 부에 납품하는 것은 어떻겠는가?

'아놔! 이런 된장 맞을. 이 인간은 나에게 원하는 게 너무 많단 말이야. 걸핏하면 달라고 하지 않나, 해 달라고 하지 않나…… 으이그, 이걸 계속해서 친구로 인정해야 하나, 말아야 하나?'

강권은 내심 이렇게 투덜거리면서도 서원명 대통령 이 자기 자신을 위해서가 아니라 나라를 위해서 그런 다는 생각이 들자 참기로 했다.

사실 호문클루스야 이미 만들어져 있다고 봐도 좋 다.

그리고 서원명 대통령이 생각하고 있는 정도는 '해' 가 TV에서 보여준 정도의 기능이면 충분할 것이다. 그 정도야 단백질 섬유로 몸체를 만들고 주동력을 질 소융합엔진으로 하고 핵전지를 보조 동력으로 사용하 면 될 것이다.

그 정도라면 몇 만 달러면 뒤집어쓸 것이다.

그렇다면 그 성능은 과연 어떨까? 미사일에도 견디 는 몸체니 어떤 극악한 환경에서도 충분히 견딜 수 있을 것이다.

거기에 질소융합엔진을 사용하니까 공기가 있는 곳이라면 연료가 따로 필요 없었다. 설사 공기가 없는 곳에서도 핵전지를 쓰면 몇 년은 버틸 수 있을 것이다.

게다가 인간의 힘보다 수십 배에서 수백 배는 강할 정도니 강력한 전투 로봇으로 사용해도 될 것이다.

그 정도면 설사 1억 달러를 부른다고 해도 누구 돈을 받을지 모를 정도일 것이다.

물론 다른 나라에 만들어 팔겠다는 말은 아니었다. 설사 만들어 판다고 해도 우리나라만 아는 약점을 만들어 둔다면 크게 문제되는 일은 없을 것이지만 말이다.

그걸 몇 백만에서 몇 천만 달러를 받는다면 최소한 100배 장사인 셈이다.

'정말로 만들어 팔아 볼까?'

만들어 판다면 정말이지 엄청 돈이 될 것 같다는 생각이 들자 강권은 얼굴에 희색이 가득해졌다.

그렇지만 내색할 수 없어 씁쓸하다는 듯 입맛을 다

시며 말했다.

"쩝, 알겠네. 그렇지만 너무 큰 기대는 하지 말게."

—하하하, 자네가 만든 것인데 오죽하겠는가? 기대를 하지 말라고 해도 엄청 기대가 되네. 그럼 빠른 시일 내에 납품을 하는 것으로 알고 있겠네. 친구야, 계속 수고 좀 해주게.

"허허허, 알겠네. 소시민인 내가 무슨 힘이 있나? 나랏님이신 우리 대통령님이 시키면 시킨 대로 해야지. 안 그런가?"

—하하하, 이 친구하고는. 그럼 계속 수고 좀 해주게.

강권은 서원명 대통령과 통화를 마치고 '달'에게 인터넷을 접속하라고 했다.

서원명 대통령의 말마따나 '해'가 사고(?)를 치긴 좀 친 것 같았다.

'뭐어? 1:4의 대결? 지가 무슨 슈퍼맨이라고 저런 짓을 하는 거지? 아! 이런 참, 저거 나지? 이런 된장 맞을…….'

그리고 이어지는 클로징 세리머니에서의 죽이는 말발.

'뭐어? 굳이 저에게 종교가 있다면 인간종교라고나 할까요? 하긴 지 주인이 인간이니 그럴 수도 있겠지만 제가 '홍익인간'이라는 재단을 만든 것도 다 인간을 위해서라고 말하는 건 좀 아니지 않나? 에효, 나 이러다 정말로 사이비 종교 단체의 교주가 되는 거 아냐?'

아니, Dr. Seer는 이미 인간종교의 교주가 되어 있었다.

당장에 인간종교에 귀의하겠다고 맹세를 하고 인증샷을 남긴 사람들만 해도 전 세계에서 벌써 우리나라 인구에 육박했다.

달린 댓글은 그것의 몇 배는 넘으니 읽을 엄두조차 나지 않는다.

정말 어떻게 수습을 해야 좋을지 대략난감이었다.

그런데 문제는 인터넷으로 본 '해'의 행동은 어딘지 모르게 평소 생각하던 '해'가 아니라는 느낌이 들었다.

항상 FM이고 범생이던 '해'의 모습은 어디로 갔는지 찾을 수 없었다.

이따금 비춰지는 비틀린 입매는 심술이 가득한 놀부

처럼 느껴지기도 했다.

'저거 저 왜 저러지?'

한참을 화면을 주시하던 강권의 얼굴에 나름 안도의
기미가 엿보였다.

얼핏 느껴진 '해'의 모습이 딱 9클래스 오르기 전
의 '달'의 모습이었기 때문이다.

'쟤도 이제는 9클래스에 오르려나 보구나!'

강권은 문득 '해'가 안쓰럽다는 생각을 했다.

'해'가 에고라는 것은 희로애락(喜怒哀樂)의 모든
감정을 갖고 있다는 것을 뜻한다.

'달'이 9클래스에 오른 것에 얼마나 열등의식을 가
졌으면 '달'이 행동했던 것처럼 행동하려 했을까?

강권은 '해'가 짠하면서도 한편으로는 '해'가 그렇
게 변화했다는 데에서 '해'가 더 발전할 것이라는 기
대도 가졌다.

'그럼 이제 내 양쪽에는 두 명의 9클래스 마법사들
이 있는 거야? 하하하.'

강권이 인터넷 화면을 보고 내심 이렇게 좋아하고
있는데 백악관을 지켜보고 있는 '달'은 짜증이 나는
모양이었다.

—주인아, 버라마는 멀쩡한데 언제까지 이렇게 도둑고양이처럼 숨어서 지켜보고 있어야 하는 거야? 저 *오사리잡놈들이 하는 걸 보고서도 언제까지 참고 있을 거냐고?

'달'의 어조에는 짜증이 은근이 배어 있었다.

강권은 '달'이 짜증을 내는 이유를 정확히 알고 있었다.

원래 '달'이라면 미니트 메이드 파크에서 분탕질을 쳤던 '해'처럼 내키는 대로 행동을 해야 직성이 풀리는 존재였다.

9클래스의 대현자가 되었다고 해서 본성이 바뀌거나 하는 것은 아닌 것이다.

그런 '달'이 가장 질색하는 것은 구석에 찌그러져서 되도 않는 것에 신경을 쓰는 일이다.

지금 백악관에 오가는 사람들을 조사하는 일처럼 말이다.

그러니까 '달'의 짜증은 지금 '해'가 벌인 일을 보고서 자기도 저렇게 해보고 싶다는 것을 내포하고 있는 것이었다.

그것을 모를 리 없는 강권이 '달'을 달랬다.

"'달'아 조금만 참아라. 니 말마따나 저 오사리잡
놈들을 혼꾸멍을 내게 해줄 테니까 말이다."

—주인아, 정말?

"그러엄. 내가 누구냐? '달' 니 주인이잖아."

강권이 구슬리자 '달'은 나름 기분이 좋아졌는지
어조가 대번에 희희낙락이다.

—주인아, 저 염병할 놈들 껍데기를 죄다 홀라당 벗
겨먹는 것은 어때?

"좋아. 저 염병할 놈들 껍데기를 죄다 홀라당 벗겨
먹자."

그런데 문제는 저 염병할 놈들은 하나 같이 범상치
않다는 것이었다.

우선 액슨모빌의 CEO인 핏제랄드를 필두로 애플
의 CEO 팀 쿡, U. S. Steel의 조나단 헨리 등의
미국 기업 CEO들과 세계 최고의 부자 가문으로 꼽히
는 영국 로스차일드 가문의 가주로 추정되는 인물이
그들이었다.

그 외에도 중동의 오일 머니 주머니로 통하는 사우
디아라비아 왕가와 카타르 왕가의 인물로 추정되는 자
들도 있었다.

무엇보다 흥미로운 것은 23C 미래의 지식에 대한 특허와 실용신안을 상당히 많이 낸 베네수엘라인 쿠엔티노까지 끼어 있다는 점이었다.

강권으로서는 도무지 이해가 되지 않는 인물들의 조합이었다.

더군다나 자신을 암살하겠다고 거짓 정보를 흘려 놓고 이들이 한 군데 모였다는 점에서 더 이해가 되지 않았다.

'휴우, 가보면 알겠지.'

강권은 첨단 과학을 무력화시킬 수 있는 아티펙트들로 완전 무장을 하고 염병할 놈들(?)이 모여 있는 백악관 East Room으로 향했다.

원래 East Room은 기자 회견 만찬장으로 쓰이는 백악관에서 가장 큰 규모의 룸인데 모인 사람이 많다 보니 장소를 이곳으로 정한 모양이었다.

장소가 장소이다 보니 평소 가장 경비가 느슨하다고 할 수 있는 East Room에는 겹겹의 차단막으로 싸여 있었다.

'뒤가 구리면 꼭 이렇다니까.'

인비저블 상태에 체열까지 완전 차단하고 있어서 들

킬 염려는 전혀 없는 상태여서 강권은 느긋하게 East Room으로 스며들 수 있었다.

'어디에 놓으면 가장 좋은 화면이 잡힐까?'

강권은 고민 끝에 CCTV에 아티펙트를 설치하기로 결정했다.

아무래도 CCTV를 설치해 놓은 위치가 이곳의 상황을 가장 잘 볼 수 있는 곳이라는 생각이 들었다.

원래 CCTV라는 것이 설치한 장소의 상황을 가장 잘 볼 수 있는 곳에 설치하는 게 원칙이었기 때문이다.

—어때? 잘 보여?

—주인아, 짱이다.

—두 개 다 녹화가 가능하지?

—주인아, 당근이다.

강권은 이상이 없음을 확인하고 기왕 온 김에 주방으로 가서 먹을 것을 좀 챙긴 후에 '보라매'로 돌아왔다.

이들 염병할 놈들의 모임이 좀 길어질 것 같다는 생각이 들어서였다.

그 좀 챙긴 먹을 것 안에는 3대 진미에 속한다는

푸아그라와 캐비어 그리고 엄청 비싸다는 송로버섯이 포함되어 있었다.

말은 들어보았지만 한 번도 먹어본 적이 없어서 내심 기대가 되었다.

강권은 가장 먼저 푸아그라를 입에 넣었다.

그런데 인상이 어째 좋지 못했다. 그리고 입에서 나온 불평.

"에퉤퉤, 아놔! 뭐 이리 느끼해? 이게 뭔 세계 3대 진미야? 너비아니가 100배는 낫네."

세계 3대 진미가 졸지에 우리나라 궁중 요리인 너비아니보다 100배는 못한 음식으로 격하되는 순간이었다.

강권의 손길은 다시 캐비어로 옮겨갔다.

"에퉤퉤, 이거 순 소금물맛 아냐? 이걸 먹느니 차라리 명란젓을 먹고 말겠다. 명란젓보다도 못한 것을 세계 3대 진미라고 뻥친 새끼가 도대체 어떤 새끼야?"

또 다른 세계 3대 진미 하나가 명란젓 아래로 격하되었다.

그리고 마지막으로 맛을 본 송로버섯 역시 생 호두

보다 못한 것으로 치부되고 말았다.

강권이 이렇게 세계 3대 진미를 무자비하게 혹평을 한 순간 East Room에서 무척이나 흥미로운 광경이 전송되고 있었다.

—주인아, 얘들 봐라. 주인이 만든 파동포를 개떡으로 만들 명품을 만들었다는데?

'달'의 말대로 East Room에서는 지금 쿠엔티노가 파동포가 어떤 것이며 그 파동포를 무력화시킬 비장의 신제품이 어떤 것인가를 장황하게 설명하고 있는 중이었다.

[미스터 쿠엔티노, 그럼 알루미늄을 특수 코팅하면 파동포에 전혀 영향을 받지 않는다는 것입니까?]

[그렇습니다. 이 파동포는 전적으로 철 성분만을 분해시키는 성질을 갖고 있습니다. 그런데 알루미늄을 특수 코팅하면 파동포의 파동을 완전 반사시켜 버립니다. 반사가 되어 버린다면 파동포가 아무런 작용을 할 수가 없겠지요. 그것은 마치 스텔스 비행기가 전파를 반사시켜 레이다망을 무력화시키는 것과 비슷한 이치지요. 웨이브 프리 I 으로 이미 그 성능을 입증했습니다.]

[미스터 쿠엔티노, 그렇다면 기존의 군함이나 전투기에도 알루미늄 특수 코팅이 가능합니까?]

[예. 물론입니다. 웨이브 프리 I 은 이미 만들어져 있는 이지스 구축함에 알루미늄을 특수 코팅한 경우입니다. 실험에 훌륭하게 통과된 것은 물론이고요.]

[그렇다면 더 이상 파동포에 대한 공포를 느낄 필요가 없겠군. 그렇지 않소? 미스터 쿠엔티노.]

[하하, 물론입니다. 조나단 회장님.]

[하하하하, 미스터 프레지던트, 이렇다는군요. 십년 묵은 체증이 쑥 내려가는 것 같습니다. 이제 그 옐로우 멍키 따위에게 더 이상 휘둘리지 말고 강력한 미국을 실현시켜야지요?]

U. S. Steel의 조나단 헨리는 그동안 파동포 때문에 고생한 것을 생각하면 이가 갈린다는 듯 호탕하게 웃었다.

파동포가 전적으로 철을 파괴한다는 게 알려지면서 한동안 철 대신에 탄소 섬유나 단백질 섬유로 대체하려는 움직임에 철의 사용이 급감했고, 덩달아 주식 또한 토막이 난 상태였다.

아직까지 철의 사용을 완전 배제할 수 없다는 게 작

용하지 않았다면 U. S. Steel은 완전 파산 지경에 이르렀을 것이다.

조나단 헨리뿐만 아니라 다른 사람들 또한 한시름 덜었다는 표정들이었다.

그걸 보고 있던 강권이 웃기지도 않다는 듯 '달'에게 물었다.

"퍽이나. '달'아, 넌 저게 효과가 있을 것이라고 생각하냐?"

—주인아, 죽으려면 뭔 짓인들 못하겠냐? 주인아, 그러지 말고 이 기회를 빌려 '전자 펄스 포' 한 번 맛보여 주는 거 어때?

"그것도 좋지. 참, '달'아, 쟤들 다 논 다음에 이런 메시지 한 번 보내봐라. '마음대로 해보십시오. 그렇지만 웨이브 프리 I 을 비워두셔야 할 겁니다. 만 하루를 드리겠습니다. 그 다음은 알아서 상상하십시오.' 이렇게 말이야."

—알았어. 주인의 말을 토대로 문구를 작성해 볼게. 참 주인 명의로 보내야겠지?

"뭐어? 아! 그래도 되겠네. 자기가 한 게 있어서 엄청 찔릴 테니까 뭔 말을 하지 못하겠지. 또 안 찔리면 어쩔 건데?"

강권이 '달' 하고 이런 얘기를 하고 있는 동안 East Room에서는 강권을 씹으면서 그룹 '환'을 어떻게 해체시킬까를 두고 논의가 한창이었다.

그렇지만 그룹 '환'에서 워낙 특허를 내놓은 게 많아서 상대하기가 만만치 않는다는 게 대종을 이루었다.

[그러지 말고 미스터 프레지던트께서 대한민국의 대통령에게 협박을 하는 게 어떻겠습니까?]

[미스터 핏제랄드, 뭘 가지고 협박을 한다는 겁니까?]

[미스터 프레지던트, 대한민국은 기술은 어느 정도 있지만 자원이 빈약한 나라입니다. 비근한 예로 식량도 자급자족하지 못하는 나라입니다. 자원 문제를 들먹인다면 대한민국 대통령도 생각이 달라지지 않겠습니까?]

[하지만 미스터 핏제랄드, 기존의 관례라는 게 있는데 그걸 무시한다면 정말 대한민국이 우리의 적으로 돌아설 수 있지 않겠습니까?]

[하하, 미스터 프레지던트, 미스터 프레지던트께서

the 리더

정 그러시다면 OFEC에서 담합해서 대한민국에 원유를 공급하지 않겠다는 협박을 해보겠습니다. 미스터 프레지던트께서는 그저 모른 척만 해주십시오.]

[휴우, 난 최악의 상황은 피했으면 하는 심정입니다. 만약 최강권이란 자가 이판사판으로 나가면 세계는 유사 이래 최악의 사태에 직면하지 않을까 하는 생각이 드는데 나는 그게 두려울 따름입니다.]

여기까지 듣고 있던 '달'이 열불이 나는지 당장 가서 본때를 보여주겠다고 길길이 뛰었다.

강권 역시 그런 기분이 없지 않았지만 순리대로 풀어감이 제일 좋다는 걸 믿고 있기에 그렇게까지 하고 싶지는 않았다.

사실 우리 선조들이 힘이 있음에도 그 힘을 내세우지 않는 것도 그 때문이라는 걸 요즘 들어 어렴풋이 느끼고 있는 중이기도 해서다.

"쩝, '달'아, 니 말도 일리는 있다만 지금 좀 떵떵거리고 살자고 미래를 완전 포기할 수는 없지 않겠냐?"

—주인아, 그게 무슨 말이야?

"과거 우리 조상이 세운 환국이라는 나라가 있었어.

그 나라의 힘이 얼마나 강했냐 하면 지금 미국과 러시아와 중국을 합해 놓은 것보다도 더 강했어. 그런데 우리 선조들은 세계를 식민지화하지 않았어. 왜 그랬겠니?"

—주인아, 그거야 당연히 주인의 선조들이 멍청했기 때문이 아닐까?

"휴우, 다들 그렇게 생각하겠지. 하지만 지금 일본의 선조들이 행한 일들과 비교해서 우리 선조들이 왜 그랬는지를 해명해 보겠어."

—주인아, 일본인들의 선조는 어떻게 했는데?

"큼, 일본의 선조들이 임진왜란 때 우리나라를 침입해서 자기네 나라를 잘되게 하려고 우리나라의 지맥에 해당하는 곳에 쇠막대기를 박아 놓았어. 기존에 알려지기로는 일제 때만 그랬었다고 알려졌는데 사실은 임진왜란 때부터 그랬었다는 것이지. 그 결과로 우리나라는 당파 싸움에 세도정치가 만연해서 쇠약해지고 그 대신에 일본은 18~9C에 들어서 동아시아에서 유일하게 서구 열강의 식민지가 되지 않았겠어. 문제는 그게 다 우리나라가 누렸어야 할 기운을 빼앗아 갔다는 것이지. 그런데 그 쪽바리 놈들이 거기에 맛이 들렸는지는 몰라도 일제 때에도 그 짓거리를 계속했었어. 그 후유증이 어디서, 어떻게 나타날지 모르고 말이지. **천망회회(天網恢恢)라는 말이 있다는 것도 모르고 말이지. 그 후유증이 지금 나타나고 있다면 믿을 수 있겠어?"

─주인아, 그게 무슨 말이지? 그 후유증이 지금 나타나고 있다니?

"그 후유증이란 게 바로 일본의 지진이 활성화되고 머잖아서 일본 열도가 바다 속으로 가라앉게 된다는 거야. 말하자면 얼마 전에 엄청난 쓰나미를 일으킨 일본 동북부의 지진은 그 전조 현상에 불과하다는 것이지."

─설마?

"설마가 아니야. 나도 어렴풋하게 느끼고 있는 것이지만 천기란 게 그렇게 작용을 하는 거라고. 자연의 순리를 왜곡시키면 그 대가는 엄청나다는 거야. 극단적인 예를 들자면 오늘 지리산에서 베어서는 안 될 나무 한 그루를 벰으로써 몇 백 년 혹은 몇 천 년 후에 지리산이 사막으로 변할 수 있는 것처럼 말이지. 그처럼 우리 선조들은 자기들이 자중을 함으로써

자기들의 후손들이 수천 년 동안 세계의 주역이 될
것이라는 걸 알고 있었기 때문에 스스로의 힘을 자제
했던 거야."

강권의 말에 무언가를 느낀 듯 '달'도 잠자코 있었
다.

한참의 침묵 끝에 '달'이 말했다.

─주인아, 지금 메시지를 보낼까?

"그렇게 하는 것이 좋겠다. 석유가 필요 없는 질소
융합엔진이라든가 질소를 이용한 인공 단백질도 슬쩍
언급해 두라고. 그래도 정 말을 듣지 않으면 그때는
별수 있겠어? 한따까리 해야지."

─주인아, 그럼 웨이브 프리 I 을 박살내 버리는 거
야?

"하하하, 그건 어디까지나 맛보기고 저들이 하는 걸
봐서 더하든 말든 해야겠지."

'달'이 보낸 정체불명의 메시지에 백악관의 East
Room에서는 패닉에 빠져들었다고 한다.

*오사리잡놈

오사리는 이른 철에 잡힌 새우를 말하는데 오사리를 잡다 보면 새우보다는 새우 아닌 온갖 잡것들이 잡힌다는 데서 오사리잡놈이란 말이 나왔다고 한다.

여기서 잡놈은 일종의 비유로 그 의미는 온갖 지저분한 짓을 거침없이 하는 사람들이나 불량한 시정잡배들을 가리킬 때 쓰는 말이다.

**천망회회(天網恢恢)

천망회회는 천망회회(天網恢恢) 소이불실(疏而不失)의 준말이다.

이 말은 노자(老子) 제73장 임위편(任爲編)에 나오는 말이다.

"하늘의 그물은 넓고 광대해서 비록 성긴 것 같아 보이지만 선악의 응보는 결코 실패하지 않는다." 라는 의미로 해석할 수 있다.

제5장
타초경사지계(打草驚蛇之計)

[저, 미스터 프레지던트, 이것을 좀 보십시오.]

[로드리게스, 무슨 메모인가?]

[미스터 프레지던트, 저, 그것이…….]

그런데 이상한 것은 평소에 담이 엄청 크다고 여기고 있던 로드리게스가 우물쭈물하면서 메모가 적혀 있는 B4 용지 크기의 메모지를 건넸다.

그런데 그가 건네는 것은 메모지만이 아니었다. 메모지 아래에 교묘하게 CD 한 장이 끼어 있었던 것이다.

로드리게스의 눈짓은 혼자 조용히 보라는 의미인 것

같았다.

'이 친구 이게 뭔데 이러는 거야?'

버라마 대통령은 별일이다 싶은 생각이 들었지만 일단은 그의 의도대로 건네는 메모지를 훑어보았다.

로드리게스가 가져다준 메모지에는 얼핏 보고도 낯이 뜨거워질 정도로 강한 어조의 협박이 담겨 있었다.

그 내용의 일부를 보자면 다음과 같았다.

미스터 프레지던트, 귀하께서 지금 이단의 떨거지들과 함께하고 계시는 짓거리들은 잘 보고 있습니다.

마음대로 해보십시오. 그렇지만 웨이브 프리 I 이 어떻게 될 것인지 정도는 생각해 두셔야 할 것입니다.

만약에 귀하가 잘못하시고 계신 것들을 바로 잡으실 생각이 있으시다면 그것을 곧바로 행동으로 옮기십시오. 만 하루를 드리겠습니다. 물론 그것에 대한 결과는 귀하의 상상에 맡기겠습니다.

......중략......

이 메시지는 물론 '달'이 보낸 것이었다.

메시지에는 East Room에서 지금까지 말이 오갔던 것들에 대한 일종의 경고라고 보는 게 좋을 정도로 다분히 협박성 문구를 포함하고 있었다.

아직까지는 세계 최강국이라고 자타가 공인하는 미국의 원수에게 이런 메시지를 보낸 자는 스스로 최강권이라고 밝히고 있었다.

'자기에 대한 대책을 꾀하고 있다는 것을 안다는 일종의 시위인가?'

버라마는 절로 눈살이 찌푸려졌다.

[로드리게스, 이, 이게 도대체 무엇입니까?]

[그, 글쎄요. 백악관 홈페이지에 들어온 메시지를 복사해 온 것입니다.]

[도대체 보안을 어떻게 했기에 이런 메시지가 온 것입니까?]

[죄, 죄송합니다. 해킹을 당한 게 아닌가 하고 조사하고 있습니다만 결과가 나오려면 몇 시간 정도는 필요할 것 같습니다.]

[알겠습니다. 시간에 구애받지 말고 샅샅이 조사하십시오.]

버라마 대통령은 메모지의 내용을 보자 CD에 담겨 있을 내용이 궁금해졌다.

로드리게스의 성격상 크게 중요한 내용이 아니라면 파티 도중에 갖고 오지는 않았을 것이란 생각에 궁금증이 더 커졌다.

버라마는 화장실을 가는 척하면서 East Room을 빠져나와 옆방에 있는 컴퓨터에 CD를 끼워 넣었다.

CD에 담겨진 내용은 버라마가 생각했던 그런 심각한 것은 아니었다.

아니, 어쩌면 더 심각한 내용일 수 있는 것이었다.

'백악관의 컴퓨터가 해킹당할 수는 있지만 어떻게 방금 전 East Room에서 벌어진 일들을 그대로 촬영해서 보내올 수 있단 말인가?'

버라마는 이 영상이 어떻게 백악관 홈페이지에 들어올 수 있는지 도무지 이해할 수가 없었다.

파티를 빙자해서 엄격하게 비밀을 유지한 채 미국과 세계의 파워맨들이 모였는데 어떻게 East Room의 상황들을 촬영할 수 있단 말인가?

이것은 백악관, East Room을 자기네 안방처럼 드나들 수 있다는 것을 말해주는 것이나 다름이 없었다.

따라서 엄청 심각한 상황이라고 하지 않을 수 없었다.

'설마 East Room에 모인 사람들 중에 첩자가 있단 말인가?'

이런 추측은 말도 되지 않았다.

설령 첩자가 있다고 해도 East Room에서 벌어진 일들을 촬영해서 그것을 백악관의 컴퓨터에 올릴 수는 없을 것이다.

왜냐하면 East Room에 모인 사람들 중에서 파티 도중에 East Room을 벗어난 사람은 한 사람도 없었기 때문이다.

'그럼 설마 백악관에 첩자가 있단 말인가?'

이것 역시 말이 되지 않았다.

영상과 메시지를 백악관 홈페이지에 올린 자가 대한민국 국민인 최강권이라면 백악관의 누구도 협조하지 않을 것이다.

911사태 이후에 백악관 직원들의 성향을 철저하게

조사를 하기 때문에 미국을 부정하는 자들은 살아남을 수 없었다.

버라마가 혼자 이 생각 저 생각을 하고 있을 때 비서실장인 맨스필드가 와서 자체 분석한 것들을 보고했다.

[미스터 프레지던트, 백악관 기술진들이 녹화된 영상을 분석한 결과 지금 보시고 계신 영상은 East Room에 설치된 CCTV에서 촬영한 영상과 거의 흡사한 것이라는 결론을 내렸습니다. 틀린 것이 있다면 안타깝게도 지금 보시고 계시는 영상이 우리 백악관에 설치된 CCTV에서 나온 영상보다도 화질이 훨씬 뛰어나다는 정도입니다.]

[맨스필드, 그게 말이 됩니까? 우리 백악관에 설치된 CCTV은 840만 화소를 자랑하는 최첨단 제품이지 않습니까? 그렇다면 그 영상은 도대체 몇 만 화소라는 것입니까?]

[이런 말씀 드리기 죄송하지만 그것은 미스터 프레지던트께서 잘못 아시고 계시는 것입니다. 이를테면 화소는 화질을 평가하는 기준의 하나일 뿐이라는 것입니다. 화질의 평가 기준을 크게 나누어 보면 우선 첫

번째로 선명도를 들 수 있습니다. 두 번째로 들 수 있는 것이 색상, 즉 각하께서 말씀하고 계시는 화소의 문제입니다. 세 번째로 들 수 있는 것이 명암대비입니다. PDP나 LCD 화면이 선명도가 뛰어난 것처럼 보이지만 실제로는 화면이 dot로 이루어졌기 때문에 근접해서 보면 선이 깨끗하지 않습니다. 자연스러움이 부족하다는 말이지요. 좋은 화면의 가장 중요한 필요 요소 중의 하나가 바로 입체감인데, 명암대비(contrast)가 좋지 않으면 2차원적인 펑퍼짐한 영상이 된다고 합니다. 최강권이 보내온 영상은 이 세 가지 기준에서 우리 기술을 완전 능가하고 있습니다. 그런데 놀라운 점은 보내온 영상을 분석한 결과 그 영상의 기술이 디지털 기술이 아니라 아날로그 기술인 것 같다는 것입니다.]

[맨스필드, 이해가 되지 않는군요. 제가 알기로는 아날로그 기술은 디지털 기술보다 낙후된 것으로 알고 있는데 그렇지 않습니까?]

[미스터 프레지던트, 저도 그게 상식이라고 알고 있었습니다. 그런데 기술 팀장의 말인즉 꼭 그렇지만은 않다고 합니다. 일례를 들어 인간의 정보 처리 방식은

디지털 방식이 아니라 아날로그 방식인데 최첨단의 디지털 방식도 인간의 정보 처리보다 더 뛰어나다고 말할 수 없다는 것입니다. 아니, 어떤 면에서 보면 인간의 정보 처리 방법인 아날로그 방식이 훨씬 고급 기술이라는 것입니다. 인간은 인간의 정보 처리 방식인 아날로그 방식을 그대로 재현할 수 없기 때문에 디지털 방식을 사용한다는 것이지요.]

기술에 대해서 문외한인 버라마로서는 맨스필드의 말이 완전 이해가 되는 것은 아니었지만 확실한 것은 최강권을 건드려서는 득보다는 실이 많을 거라는 것이었다.

또 하나는 최강권을 상대하기 위해서 엄청 머리를 쓴다고 썼지만 상대는 자기들 머리 꼭대기에 있다는 것이었다.

이런 생각이 들자 한숨부터 나왔다.

[휴우, 맨스필드, 이 영상을 토대로 가정해 보면 최강권이 우리가 꾀하는 것을 전부 알고 있는데 어떻게 대처해야 하겠습니까?]

[휴우, 미스터 프레지던트, 저도 그게 걱정입니다. 한 가지 안심해도 될 것은 최강권이란 자가 이 일을

키우려고 하지는 않을 것이라는 점입니다.]

[그렇게 한다면야 좋은 일이지만 그러면 웨이브 프리 I 에 대한 협박성 멘트에 대해서는 어떻게 해석해야 하지요?]

[미스터 프레지던트, 아마도 그것은 경고성으로 보아야 하겠지요. 그렇지 않았다면 영상에서 보시다시피 질소융합엔진이라든가, 질소를 이용한 단백질 합성 등의 첨단 기술들을 언급하지 않고 곧바로 실력 행사로 나서지 않았을까 하는 생각이 듭니다. 그럼 세상은 그의 손아귀에서 벗어날 수 없었을 것입니다. 그런데도 직접 행사를 하지 않고 알려주는 것은 그렇게 하고 싶지는 않다는 걸 의미하는 게 아닐까요? '보라매' 건만 해도 그렇습니다. 막말로 '보라매' 100대 정도만 있으면 세계를 정복할 수도 있는데 그럴 능력이 있으면서도 딱 10대만 생산하지 않았잖습니까? 그리고 그런 첨단 무기를 연구용으로 팔기까지 했습니다. 물론 그걸 사서 재미를 본 나라들은 없지만 '보라매'라는 기체가 얼마나 뛰어난 것인가는 익히 알지 않았습니까? 그런 것에 비추어 보면 최강권이란 자는 자신을 해하려 하지 않으면 상대를 침범하지 않는다는 불문율

을 갖고 있는 것 같습니다. 따라서 우리가 잘못했다는 걸 인정하는 의미에서 웨이브 프리 I 를 희생할 각오를 하시면 더 이상 문제될 것은 없을 것이라고 생각합니다.]

[휴우, 나도 그럴 것 같다는 생각이 듭니다. 그런데 맨스필드, East Room에 모인 사람들에게 이 사실을 알려야 할까요?]

[미스터 프레지던트, 그렇다면 최강권이란 자가 굳이 우리들에게 비밀리에 알리지는 않았을 것입니다. 따라서 굳이 알릴 필요는 없다고 봅니다. 우리가 선택할 수 있는 것은 미국의 산업에 크게 영향을 미치지 않는 선에서 일을 처리해야 할 것이라는 것입니다.]

버라마는 자신이 미국의 대통령으로서 미국의 이익을 위해서 좀 야비하지만 로스차일드 가문이나 사우디아라비아의 왕가, 카타르 왕가를 등질 생각을 했다.

그리고 최후의 선택이 되겠지만 여차하면 23C 기술을 갖고 있는 쿠엔티노까지 배제할 각오를 했다.

쿠엔티노는 최첨단의 기술을 갖고 있는 최강권에 대

한 유일한 대안이라고 할 수 있으니 버라마가 얼마만큼 고심하고 있다는 것을 알 수 있었다.

[휴우, 맨스필드, 정말이지 쉽지 않군요. 이 파티는 이것으로 끝내야겠지요? 어떻게 말해야 할까요?]

[미스터 프레지던트, 제 생각으로는 그냥 관저로 가시는 것이 좋을 것 같습니다. 파티를 끝내는 것은 제가 알아서 하겠습니다.]

버라마 대통령은 공연히 가서 마음에 없는 말을 하는 것보다는 그게 좋을 것 같다는 생각이 들었다.

[휴우, 알겠습니다. 그럼 부탁을 하겠습니다. 그나저나 맨스필드, 최강권에 대해서 뭔가 대책을 세워야 하지 않겠습니까? 어쩌면 백악관의 내부에 첩자가 있을지도 모르는 것이고요.]

[미스터 프레지던트, 기술팀의 의견에 따르면 최강권이 보내온 녹화 영상은 East Room의 CCTV와 같은 각도이지만 CCTV의 영상과는 미묘하게 다르다고 합니다. 이것은 East Room의 CCTV를 이용해서 뭔가 수작을 부린 것 같다는 것을 의미한다고 합니다. 따라서 백악관의 내부에 그쪽의 첩자가 있는 것 같다는 말씀은 가능성이 희박한 것 같습니다. 제 생각

에는 그가 CCTV를 이용하는 신기술이 있다는 걸 가정해서 백악관의 CCTV가 없는 곳에서 참모회의를 해야 할 것 같습니다.]

[알겠습니다. 맨스필드, 나 역시 그렇게 생각하고 있습니다. 그가 만 하루를 주겠다고 했으니 만 하루 동안은 아무 일이 없을 것입니다. 그런 의미에서 앞으로 18시간 후에 캐비닛 룸에서 국가안전보장회의를 개최하는 것으로 할 테니 국가안전보장회의를 소집해 주십시오. 물론 백악관 전역의 CCTV를 끄는 것으로 하겠습니다.]

[알겠습니다. 미스터 프레지던트, 그런데 그 사이에 대한민국의 대통령에게 핫라인을 연결해서 그쪽의 동정을 살펴보는 게 어떻겠습니까?]

[그것도 좋을 것 같군요. 그렇게 하겠습니다.]

관타나모 미국 해군 기지에는 뜻밖의 비상이 걸렸다.

백악관에서 직접 하달한 최신예 구축함 줌월트호의 방호 작전이 그것이었다.

관타나모 태스크 포스 사령관인 제프리 허버트슨 준

장은 느닷없이 줌월트를 철저하게 보호하라는 명령에
어이가 없었다.

옥쇄를 각오하면 항공모함과도 일전을 불사할 수 있
을 정도의 전력을 갖춘 줌월트호가 아니던가?

그런 줌월트호를 보호하라니 뭔가 잘못된 명령이 아
닐까 하는 생각에 재차 확인을 했지만 줌월트호가 맞
다고 했다.

'젠장, 난데없이 줌월트를 보호하라니 그게 무슨 말
이지?'

제프리 준장이 내심 이렇게 구시렁거리고 있을 때
그의 비서인 부머 소령이 자신의 속내를 드러냈다.

[사령관 각하, 백악관 놈들이 뭘 잘못 알고 있는 것
이 아닐까요? 줌월트호는 최신예 이시스 구축함으로
우리 해군 기지 전력의 거의 전부나 마찬가지 아닙니
까? 거기에다 최근 최첨단의 알루미늄 코팅까지 마쳤
으니 거의 무적인데 누가 누구를 지킨다는 것입니
까?]

제프리의 비서 부머 소령의 말이었다.

'이 자식이, 정말 몰라서 이런 말을 하고 있는 거
야?'

입바른 소리를 곧잘 하는 녀석이어서 얄미울 때가 많지만 녀석의 아비가 쿠드웰 C 헤니 태평양 함대 사령관이어서 그저 그러려니 하고 있었다.

그렇지만 지금 제프리의 기분이 영 아니어서 나가는 말이 곱지 못했다.

[이봐 부머, 백악관에서 왜 그런 명령을 하달했는지 생각을 해보게.]

비꼬는 말투건만 녀석은 그런 제프리의 말에 딴에 나름 생각하고 있었다는 듯 입바르게 대꾸했다.

[사령관 각하, 제가 생각할 때는 줌월트호를 탈취하려는 아랍 테러 분자들의 음모를 감지한 것이 아닐까요?]

제프리 준장은 톡 쏘려다 문득 부머 소령의 말이 어느 정도 타당성이 있다는 생각이 들었다.

부머의 말마따나 테러 분자들이 배를 탈취하지 않는 한 어떤 세력이든 최신예 첨단 이시스 구축함인 줌월트호를 대놓고 어찌해 볼 수 있는 방법은 없을 것이다.

더구나 지금 줌월트호가 있는 곳은 미국의 안방이나 다름이 없는 카리브해가 아니던가?

일단 가닥이 잡히자 제프리 준장은 곧장 실행에 옮기려 했다.

그렇지만 그의 주특기는 어디까지나 해병공지부대(MAGTF) 기획관이다.

함정에 대해서 알 리 없다. 따라서 해상기동훈련을 하려면 해군 함정들의 함장들과 논의를 해보아야 한다.

더군다나 최근에 줌월트호가 관타나모에 배치되기는 했지만 그것은 어디까지나 알루미늄 특수 코팅을 하는 편의를 위한 것일 뿐 종국적으로 관타나모 해군기지에 소속될 함정은 아니었다.

그래서 더더욱 줌월트호의 함장과 상의하지 않으면 안 되었다.

[부머, 즉시 줌월트호의 함장인 기시모 대령을 연결해라.]

[옛썰.]

기시모 대령 역시 백악관에서 비슷한 명령을 하달받았는지 제프리 준장의 말에 대놓고 반대는 하지 않았다. 아니, 오히려 찬성하는 분위기였다.

전투에는 최상급의 능력을 보유한 최신예 이시스 구

축함이어서 바다에 떠 있다면 지키는 데는 크게 문제가 없을 것이란 계산이 선 까닭이었다.

[그럼 귀관의 주관하에 해상기동훈련을 실시하도록 하겠다. 해상기동훈련의 규모는 전적으로 귀관에 맡기겠다. 알았나?]

[옛썰, 즉시 사령관 각하의 명령에 따르겠습니다.]

원래 관타나모 해군 기지의 주 전력은 해병대다. 따라서 해상기동훈련을 해보았자 대부분 수송선단에 달랑 호위함정 몇 척 있을 뿐이었다.

그런데 최근에 줌월트호가 관타나모에 배치되면서 양상이 사뭇 달라졌다.

줌월트호가 최신예 이지스 구축함이다 보니 줌월트호를 호위하는 고속함정과 잠수함이 추가로 배치되었다.

그렇지만 그렇게 결정된 해상기동훈련은 총건조비 10억 달러가 훌쩍 넘는 줌월트호의 운명을 결정지을 줄은 제프리 준장이나 기시모 대령도 미처 알지 못했다.

❖　❖　❖

―주인아, 웨이브 프리 I 로 추정되는 함정을 찾았다.

"그래? 웨이브 프리 I 가 어떤 배야?"

―주인아, 웨이브 프리 I 는 아마 관타나모 해군 기지에 있는 최신예 이시스 구축함인 줌월트호인 것 같다. 원래 줌월트호는 대서양 함대의 제4함대 소속에 속해 있었는데 최근 모종의 이유로 관타나모에 배치가 되었어. 알아보니까 알루미늄 특수 코팅을 위해서 그렇게 배치가 된 것이더라고.

"그렇다면 확실하네. 그런데 '달'아 어떻게 찾게 되었냐? 아까까지만 해도 여기저기 쑤셔보고 있었잖아. 그렇지 않아?"

강권의 말마따나 웨이브 프리 I 란 이름의 함정 자체가 없었기에 '달'은 웨이브 프리 I 을 찾는데 엄청 애를 먹었다.

워낙에 비밀리에 진행이 된 까닭에 백악관에서 줌월트호의 방호 작전이 하달되고 그에 따라서 줌월트호가 해상기동훈련을 하지 않았더라면 만 하루 사이에 포착이 불가능했을지도 몰랐다.

그런데 정해진 만 하루를 불과 1시간을 앞두고 줌월

트호가 해상기동훈련을 실시했다.

정해진 만 하루 사이에 해상기동훈련을 한 함정은 오직 줌월트호 뿐이었던 것이다.

이렇게 지레 겁을 먹은 백악관의 명령이 없었더라면 줌월트호가 기동훈련을 하자 지레짐작을 해서 '달'은 관타나모 해군 기지를 해킹하게 되었고, 줌월트호에 알루미늄 특수 코팅을 했다는 것을 확인할 수 있었던 것이다.

―하하하! 주인아, 이게 다 주인이 뺑을 쳐두었던 결과야. 있잖아, 주인이 버라마에게 만 하루를 준다고 했잖아. 그래서 걔네들이 잔뜩 겁을 먹고 설레발을 친 것 같아. 지레 겁을 먹었다고나 할까?

"타초경사지계(打草驚蛇之計)가 제대로 먹힌 것 같군. 좋아. '전자 펄스 포' 한 방 제대로 먹여주자고."

―주인아, 마침 걔네들이 지금 버뮤다 삼각지대 안에 들어 있으니 효과가 더 클 것 같은데.

"어쩌면 그럴지도 모르겠네. '전자 펄스 포'를 최대한 출력을 높여서 방출한다면 줌월트호와 줌월트호를 호위하는 함정들까지도 영향을 받을 테니 전부 신비롭게 실종된 것으로 보일 것 아니겠어?"

─하하하! 주인아, 주인은 참 사악한 것 같아. 그러니까 걔네들을 버뮤다 삼각지대의 신비로운 실종 사건의 피해자로 만들 셈이잖아?

"지금 서로 교신하고 있을 텐데 설마 실종 사건으로까지야 되려고?"

금방 교신하던 함정들과의 교신이 갑자기 끊겨 버렸으니 실종 사건이라면 실종 사건일 수 있을 것이다.

그렇지만 '전자 펄스 포'라는 게 전자 장비에만 영향을 미쳐서 비록 엔진이 정지되고 통신이 두절되지만 침몰되지 않고 버뮤다 삼각지대에 여전히 떠 있으니 인공위성으로 탐지하면 찾을 수 있어 실종 사건이 아니라는 의미였다.

강권의 이런 의도를 알고 있는 '달'이 쿵짝을 맞춰 주었다.

─하긴 그렇기는 하겠다. '전자 펄스 포'라는 게 파동포처럼 함정을 침몰시키는 게 아니라 전자 장비에만 영향을 미치고 본체에는 아무런 작용을 하지 않으니까 침몰되거나 하지는 않을 테니까 말이지.

"하지만 이것으로 공언한 것도 지킨 것이 되고 또 버라마에게 겁도 주었으니 일거양득이 아니겠어?"

그로부터 몇 분 후에 버라마 대통령은 최신예 이시스 구축함인 줌월트호와 줌월트호를 호위하는 호위함정들의 신비로운 실종을 보고받고 대서양 4함대에 수색을 명하는 한편 재차 국가안전보장회의를 소집했다.

불과 몇 시간 전에 소집한 국가안전보장회의를 다시 소집한 것은 미국 역사상 처음 있는 일이었다.

더불어 백악관의 웨스트 윙에 있는 상황실에는 국가안전보장회의의 구성 요원들이 참석한 가운데 최신예 이시스 구축함 줌월트호의 실종 사건 수색 상황실의 지휘본부가 설치되었다.

국가안전보장회의 구성 요원들은 최신예 이시스 구축함 줌월트호의 위상을 알고 있었기 때문에 크게 관심을 갖고 있었다.

[미스터 프레지던트, 줌월트호의 실종이 사고가 아니라니 무슨 말씀입니까?]

[대니얼, 그 대답에 앞서 지금부터 벌어지는 모든

상황은 Top Secret 상황이니 우선 장내를 정리해야
되겠습니다. 일단 Top Secret 인가 자격이 없는 분
들은 상황실에서 퇴장해 주시기 바라겠습니다.]

대통령 비서실장인 맨스필드가 버라마 대통령을 대
신해 대답했다.

맨스필드의 말이 끝나자 몇몇 사람이 자리를 비웠
다.

이 자리가 국가안전보장회의이긴 했지만 실질적으
로는 줌월트호의 실종 사건의 수색 상황실의 성격이
강했기 때문에 Top Secret 인가 자격이 없는 사람
들도 더러 있었던 것이다.

장내가 정리되자 맨스필드는 장내에 있는 사람들에
게 프린트가 되어 있는 B4 용지 몇 장씩을 나눠주었
다.

[논의에 앞서 지금 여러분께 나누어준 복사물을 읽
어주십시오.]

맨스필드의 말에 사람들은 맨스필드가 나눠준 복사
물을 읽었는데 읽는 사람들의 얼굴이 하나 같이 볼 만
하게 변해 질문 공세를 펼쳤다.

[맨스필드, 이게 도대체 무엇입니까?]

[맨스필드, 이게 사실입니까? 이게 도대체 언제 백악관 홈페이지에 전달되었습니까?]

[⋯⋯.]

[여러분, 여러분께서 한꺼번에 전부 말하시면 어떻게 알아듣겠습니까? 조금 참아주시면 제가 자초지종을 설명드리겠습니다.]

맨스필드의 말에 장내가 진정이 되자 비로소 맨스필드가 말하기 시작했다.

[몇 개월 전, 골드리치 국방부 장관의 건의로 국가안전보장회의가 벌어진 적이 있었을 것입니다. 그 회의에서 여러분들은 대한민국과 최강권이 CEO로 있는 그룹 '환'을 견제하기 위해서 세계 여러 나라와 힘을 합할 필요성이 있다는 것을 주장하셨고 또 그렇게 결정하셨습니다. 그 일환으로 대한민국 대통령과 최강권의 이간책, 그리고 파동포에 대한 대책 등을 결의하셨고 대통령 각하를 위시한 행정부는 그 결정대로 최선을 다했습니다. ⋯⋯중략⋯⋯. 이 메모지에 적힌 내용은 그 결의를 눈치챈 최강권의 반격이라고 보시면 될 것입니다. 한마디로 말하자면 우리는 최강권이란 인물에 대해서 하나도 알지 못했던 것입니다. 다음 영

상을 보시고 조금 더 심도 깊은 이야기를 나눠보도록
하지요.]

맨스필드가 언급한 다음 영상이란 물론 '달'이 백
악관 홈페이지에 보낸 영상이었다.

[이 영상을 보시고 무엇을 느끼셨습니까?]

[······.]

[맨스필드, 구체적으로 무얼 묻고 있는 겁니까?]

[제가 여러분께 묻고 있는 것은 이 영상을 촬영한
기술 수준입니다.]

[별다를 게 없는데 무얼 느꼈냐고 물으시는 거지
요?]

크렌베르 국무부 장관의 되물음에 맨스필드는 좌중
을 둘러보았다.

그렇지만 아무도 이 영상의 특이점을 발견하지 못한
듯 아무 말도 하지 않았다.

그걸 본 맨스필드는 한숨을 가볍게 내쉬며 말했다.

[휴우, 이 영상은 여러분께 나누어 드린 메시지와
함께 백악관 홈페이지에 전송되어온 영상입니다. 보낸
주체는 복사물에서 밝혔다시피 최강권입니다. 그런데
이 영상이 디지털 기술이 아닌 아날로그 기술로 만들

어진 것이라는데 커다란 의미가 있다고 합니다. 전문
가의 의견에 따르면 이 아날로그 기술은 기존의 최첨
단 기술보다도 최소한 두 세대는 앞선 기술이라는 것
입니다. 또한 이 영상은 East Room의 CCTV와
매우 흡사한 것입니다. 그렇다고 똑같은 것은 아닙니
다. 단지 앵글 각도가 똑같다는 것에 불과합니다. 전
문가의 의견으로는 East Room의 CCTV로는 도저
히 이 영상이 나올 수 없다고 합니다. 이게 무엇을 뜻
하겠습니까?]

　[…….]

　[…….]

　지금 자리에 있는 사람들은 대부분 한 분야에서는
미국에서 내로라하는 전문가들이었다.

　그렇지만 그들에게 다짜고짜 영상에 관해서 전문적
인 지식을 들려준다면 그것은 너무 뜬구름 잡는 식의
말밖에는 되지 않는다.

　맨스필드는 그 점을 인식했는지 가볍게 한숨을 쉬며
버라마 대통령을 바라보았다. 회의를 주재하라는 의미
리라.

　버라마 대통령 역시 가벼운 한숨과 함께 국가안전보

장회의의 주재자로써 말하고자 하는 핵심을 얘기하기 시작했다.

[내가 여러분과 논의하고 싶은 것은 두 가지가 있습니다. 하나는 계속적으로 강한 미국을 지향해야 하는가 하는 것이고 다른 하나는 국민을 행복하게 할 수 있는 미국을 만들 것인가 하는 것입니다. 본래 이 두 가지는 양립할 수 있는 가치이지만 지금 우리 조국이 처한 상황은 불행하게도 두 가지 가치의 양립이 불가능합니다. 만약 그렇다면 여러분들께서는 어떤 가치를 추구하시렵니까?]

[미스터 프레지던트, 두 가지 가치는 강한 미국을 달성하면 저절로 해결되는 게 아닙니까?]

[골드리치 국방부 장관님, 안타깝게도 우리들의 조국인 미국에게는 선택권이 없습니다. 우선 강한 미국을 지향하려면 그룹 '환'과 대한민국과 불가피하게 충돌하게 될 것이고 그 걸림돌들을 이겨내야 합니다. 그런데 최강권이 CEO로 있는 그룹 '환'은 향후 세계 경제를 좌지우지할 수 있는 기술들을 100여 가지 이상 보유하고 있을 정도로 엄청 기술력이 좋고 게다가 타의추종을 불허하는 군사력까지 보유하고 있습니

다. 따라서 강한 미국을 만들려면 국민의 행복 따위는 아랑곳하지 않고 모든 국력을 국방력에 쏟아부어야 될 것입니다. 그렇다고 해도 우리가 직면한 적을 이겨낼 수 있을지 의문입니다. 그렇지만 잘사는 미국, 국민이 행복을 영위하는 미국을 만들려면 그들과 꼭 적대시할 필요가 없습니다. 최강권이 보낸 메시지에도 나타나 있듯이 최강권이란 자는 건들지 않으면 먼저 공격을 하지 않습니다. 그렇지만 누가 자신과 자신의 영역을 침범하게 되면 인정사정 보지 않고 깨뜨려 버립니다. 여러분도 아시다시피 자국의 영역을 침범한 중국의 항모전단을 파동포라는 첨단 무기를 사용해서 전멸시켜 버린 사건을 기억하고 계실 것입니다. 그것 때문에 여러분께서 파동포를 견디어 낼 수 있는 웨이브 프리 I 을 승인하신 것이고요. 그리고 이 웨이브 프리 I 플랜의 결과물이 지금 실종 상태에 있는 줌월트호라는 것쯤은 잘 알고 계실 것입니다. 그런데 그 줌월트호를 실종 상태로 만든 자가 바로 최강권이란 자입니다. 이런 것들을 경험한 제가 생각할 수 있는 것에는 죄송스럽게도 강한 미국은 들어 있지 않습니다. 다만 최선을 다해서 우리 국민을 행복하게 만들려는 생각뿐입니다. 여러분께 선택을 강요하는 것 같아서 안 됐지만 다른 대안이 없을 것 같습니다.]

[미스터 프레지던트, 우리 미국을 지키는 우리의 아들딸들이 최강권이란 자에게 살해된 것이나 다름이 없는데 미스터 프레지던트께서는 그 최강권이란 자에게 항복을 하시겠다는 말씀이십니까?]

[미스터 골드리치, 최강권이란 자에 대해서 우리가 먼저 도발을 했다는 사실을 잊지 말아 주셨으면 합니다. 또한 줌월트호가 실종되었다고 해서 꼭 침몰했다고 볼 수는 없을 것입니다. 그리고 아랍계 테러리스트들처럼 상대도 되지 않을 것을 알면서 싸워야 합니까?]

이렇듯 국가안전보장회의장은 골드리치를 지지하는 *매파와 버라마 대통령을 지지하는 비둘기파로 크게 나누어 설전에 돌입했다.

그런데 줌월트호와 호위함정들이 침몰되지 않고 버뮤다 삼각지대에서 발견되는 것으로 극적인 전기가 마련되었다.

줌월트호의 장병들이 모두 무사히 귀환함으로써 매

파의 논리는 퇴색되었고, 비둘기파인 버라마 대통령에게 힘이 실어진 것이다.

*매파와 비둘기파의 유래

매파란 대외 정책에 있어서 강경론자들을 지칭하는 말인데 1798년 미국의 제3대 대통령 토마스 제퍼슨이 처음으로 사용했다고 합니다.

이 말은 베트남전쟁이 교착화하면서 전쟁의 확대, 강화를 주장하는 보수 강경파를 사나운 매에 비유하여 매파로 불렀습니다.

이와는 반대로 전쟁을 더 이상 확대시키지 않고 한정된 범위 안에서 해결할 것을 주장하는 주화파(主和派)를 평화의 상징인 비둘기에 빗대어 비둘기파라고 불렀습니다.

이처럼 자기의 이념이나 주장을 관철시키기 위해서 상대와 타협을 거부하고 무력의 사용도 불사하려는 강경론자들을 일반적으로 매파라고 합니다.

제6장
LA다저스를 인수하다

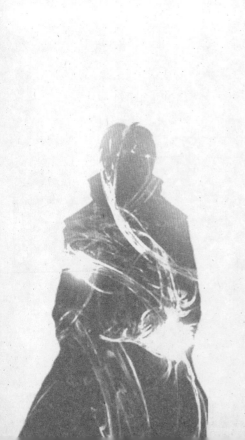

—강권이 자네 정말 대단한 일을 했네. 덕분에 나는 대한민국 대통령 사상 처음으로 천하의 미국 대통령에게, 아니, 프레지던트에게 읍소를 받아 봤다네. 하하 하하!

서원명 대통령은 세계 최강국인 미국 대통령이 자신에게 대놓고 아쉬운 소리를 했다는 것에 무척이나 고무된 것 같았다.

강권은 서원명 대통령이 좋은 의미로 흥분하자 덩달아 기분이 좋아졌지만 그것이 다는 아니었다.

서원명 대통령의 심리적인 저변에 약소국 대통령이

라는 열등의식이 깔려 있다는 게 느껴져서 씁쓸한 기분도 없지 않아 있었다.

'친구야, 내가 무슨 수를 쓰더라도 자네가 외국의 정상들에게 마음 놓고 큰소리를 칠 수 있도록 만들어주마.'

내심 이런 마음을 먹자 강권의 기분은 차분히 가라앉았다.

"후, 자네가 읍소했다는 것보다는 듣기가 좋군 그래. 그건 그렇고 버라마 대통령이 뭐라고 하던가?"

―하하하! 뭐 뚜렷하게 한 얘기는 없었지만 자신은 우리 대한민국에 엄청 친하고 앞으로도 대한민국과 친하게 지낼 테니 협조 좀 부탁한다는 얘기였어. 심지어 자기가 연두교서에서 우리나라에 대한 칭찬을 수도 없이 했고 대한민국을 본받자고 했다는 것 뭐 그런 거지.

"미국 대통령이 앞으로 더 친하게 지내자고 하는데 자네 생각은 어떤가?"

―내 생각에는 뭐 그렇게 나쁘지는 않다고 생각해. 버라마 대통령이 친한파인 것도 사실이고 사람 자체가 그렇게 야비한 사람은 아니야. 버라마 정도면 개인적

으로도 친하게 지내고 싶을 정도의 인물이지.

"그럼 뭐 앞으로 친하게 지내면 되겠네. 그런데 내 자네에게 한 가지 부탁하고 싶은 게 있네. 아니, 부탁이라는 말보다는 당부라고 하는 게 좋겠군."

서원명 대통령은 강권이 심각한 어조로 자신에게 부탁을 한다고 하자 순간 마음껏 업되어 있던 기분이 착 가라앉았다. 그리고 일말의 두려운 마음마저 생겼다.

'이 친구가 무슨 말을 하려고 이렇게 무게를 잡나? 그리고 당부나 부탁이나 똑같은 의미의 말이 아닌가? 당부가 좀 센 표현인가?'

내심 이런 생각까지 하며 말투도 착 가라앉을 수밖에 없었다.

—친구, 무슨 부탁, 아니, 당부하고 싶은 말이 무엇인가?

"과거 우리나라가 약소국에 속해서 우리나라 정치가들은 외국의 눈치를 볼 수밖에 없었지. 하지만 지금 우리나라는 충분히 강한 나라라네. 그런데 아직까지 우리나라 대통령인 자네의 마음속에 약소국의 대통령이라는 열등의식이 자리하고 있다는 것을 느끼고 솔직히 기분이 좋지 못하네. 나는 우리나라 대통령인 자네가 외국의 정상들에게 좀 더 당당해졌으면 하는 게 바람이고, 또 그러기를 당부하고 싶다네. 외국 정상들을 멸시하는 정도만 아니라면 자네가 무슨 말을 하더라도 내가 전적으로 책임을 져줄 테니까 당당하게 소신대로 행동을 하도록 하게. 그것은 자네의 친구로서 뿐만 아니라 한 사람의 대한민국 국민으로서의 부탁이기도 하네. 내 말 뜻을 알겠나?"

—자네가 무슨 말을 하는지 알겠네. 나 또한 그것을 잘 알면서도 그동안 살아온 경험 때문인지 그것이 생각처럼 쉽지만은 않다네. 또 자네도 알다시피 사실 얼마 전까지만 해도 우리나라는 약소국에 속하지 않았었나? 앞으로는 대한민국의 대통령으로서 좀 더 당당하게 행동하도록 최선을 다 하겠네.

"정암이, 꼭 그래야 하네. 우리나라의 정상인 자네가 외국 정상들에게 당당하게 행동을 하면 그것은 곧 우리나라 국민들이 외국에 나가 좀 더 당당하게 행동할 수 있는 바탕이 된다네."

—하하하! 앞으로 명심해서 당당하게 행동을 할 테니 두고 보게.

강권은 서원명 대통령의 자신 있는 말투에 꿀꿀하던 기분이 좀 가시는 것 같았다.

그러다 문득 서원명 대통령의 당당함만 있다고 전적으로 해결되는 것이 아니라는 생각이 들었다.

미니트 메이드 파크에서 미국인들이 자신을 가리켜 옐로우 멍키라고 했던 게 생각이 났던 것이다.

대한민국 국민으로서 세계 어느 곳에서도 당당해지려면 대한민국 국민인 게 자랑스럽다는 것을 자타가 공인하게 만들어야 한다는 생각이 들었던 것이다.

대안은 내친김에 한류 열풍을 드라마나 K—Pop에서 체육 부문까지 확대하자는 것이었다.

또 원래 그런 의도로 '환' 스포츠 센터를 만들지 않았던가?

"정암이, 한 가지 부탁 좀 하세."

—무슨 부탁인가?

"스포츠 선수들에게 군 면제 혜택을 좀 더 확대해 달라는 것이네."

—으음, 그건 좀 들어주기 힘든 부탁일세. 군 입대 문제는 민감한 사안일세. 대한민국 남자라면 당연한 의무이고 말이지. 그렇잖아도 형평성 문제 때문에 오

죽이나 말이 많지 않나?

강권 역시 그걸 모르는 바는 아니었다. 그렇지만 군 문제를 해결하는 것은 선수들에게 있어 엄청 큰 문제가 아닐 수 없었다.

기량을 키워야 할 중요한 시점에 군대에 들어가 세월을 허송한다는 것은 세계적인 선수로 성장하는데 있어 엄청난 걸림돌이 될 수 있기 때문이었다.

"그 문제는 나도 잘 알고 있네. 내가 그런 부탁을 하는 것은 그만한 이유가 있다네. 자네도 미니트 메이드 파크에서 벌어졌던 세계 최강 격투기 대회를 보아서 알겠지만 서양인들이 동양인들을 얕잡아 보고 옐로우 멍키라고 부른다네. 그 동양인들 속에 우리나라 사람들이 속해 있네. 그런데 왜 서양인들이 동양인들에게 옐로우 멍키라는 표현을 썼을까 하는 생각을 해 보았나? 그건 아마도 육체적으로 자신들이 동양인들보다 우월의식의 발로라고 보네. 만약에 스포츠 전 분야에 걸쳐서 우리나라 사람들이 탁월한 기록을 보유하게 된다면 걔네들이 오히려 우리나라 사람들에게 열등의식을 갖게 되지 않을까? 나는 꼭 그렇게 만들고 싶다네. 한류 열풍을 스포츠 분야에까지 확대하자

the 리더

는 거지. 그게 실질적인 국위선양이고 애국하는 길 아닌가?"

—으음, 자네가 무엇을 말하려는지 잘 알겠네만 이것은 그런 것만 갖고는 안 되는 문제라고 보네. 내가 비록 대한민국의 대통령이긴 하지만 병역 문제만큼은 쉽게 결정할 수 없다네. 전 국민의 공감대가 형성되지 않는다면 끊임없이 걸고넘어질 자들이 셀 수없이 많을 것일세.

"휴우, 그렇겠지? 그럼 이러면 어떻겠나? 일단 외국 유명 구단이나 스포츠 팀과 계약을 하고 실제 주전으로 뛰게 되면 조건부로 면제를 해주는 것 말일세. 축구를 예로 들어서 유럽의 4대 리그에 속해 있는 팀과 계약을 하고 또 실제 선수로 뛰게 되면 군복무 기간과 비슷한 2년 동안 수입의 절반을 국가에 헌납하는 조건으로 병역 면제를 해주는 식으로 말이야."

—이봐, 강권이 그것이 현실성이 있다고 보는가? 설령 그렇게 한다고 치세. 그러면 다른 분야에서 열심히 땀을 흘리고 있는 사람들은 뭐가 되겠는가? 또 다른 스포츠를 택한 선수들은 어떻게 할 것인가? 게다가

스포츠가 아닌 음악이나 미술, 요리와 같은 다른 분야에서의 형평성 문제까지 고려해야 할 일일세. 만약 그렇게 하지 않으면 당장 불평등을 이유로 헌법소원을 청구한다고 설칠 테니 말일세.

맞는 말이었다.

우리나라는 수천 년 동안 숱하게 외세에 침략을 당해왔고 근세에는 나라까지 잃었던 경험이 있기 때문에 우리 국민들은 병역 문제만큼은 엄청 민감했다.

그렇지만 축구나 야구 등의 인기 종목에서 세계 최고 반열에 오른다면 그것으로 이미 병역의 의무를 지키는 이상으로 애국하는 게 될 것이다.

예를 들면 메이저리그에서 1년에 40승 이상 올려 버리고 홈런을 100개쯤 쳐 버린다면 미국인들 눈에 대한민국은 남다르게 보일 것이고 교포들의 사기는 하늘을 찌를 것이다.

강권은 어느 정도 자질을 갖고 있다면 그렇게 만들어줄 자신이 있었다.

생각이 여기에 이르자 고집을 부렸다.

"정암이, 만약에 메이저리그에서 투수로 1년에 40승 이상 올려 버리고 타자로 1년에 홈런 100개쯤 쳐

버리는 그런 선수들이 2년 동안 수입의 절반을 국가
에 헌납한다면 자네라면 그 선수의 병역 면제를 어떻
게 생각하겠는가?"

—그렇다면야…… 그렇지만 여전히 현실성이 없다
고 보네. 만약 그런 정도의 선수라면 연봉이 1억 달러
가까이 받을 것인데 그런 선수들이 미쳤다고 그렇게
거액을 들이겠는가? 막말로 그런 선수라면 미국에 귀
화를 한다고 해도 미국 쪽에서 환장을 할 텐데 말일
세.

"그래서 하는 말일세. 그런 최고의 선수들이 미국에
귀화를 하지 않고 병역의 의무를 이행하려고 거액을
들이는 것이라면 국민들도 충분히 납득할 수 있지 않
겠는가?"

—만약에 그 정도의 선수라면 내가 특별법을 제정
해서라도 병역 문제를 해결해 주겠네. 물론 자네 말처
럼 2년 동안 전 수입의 절반을 국가에 헌납하거나 국
익에 도움이 되는 방향으로 기부를 한다는 조건으로
말일세.

"좋아. 자네 분명히 약속했네."

서원명 대통령은 강권의 말에 의구심을 갖지 않을

수 없었다.

'정말 그게 가능할까? 메이저리그에서 20승만 올려도 특급 선수로 대우를 받는 판국인데 어떻게 40승을 올릴 수 있단 말인가? 게다가 홈런 100개라니?'

그런데 왠지 강권이 자신의 말을 실현시킬 것만 같은 기분이 드는 것은 왜일까? 하긴 강권이 한 일들이 상식적인 것이 하나라도 있었던가 하는데 생각이 미치자 정말 궁금해져서 급기야 이렇게 묻고 말았다.

—자네 정말로 그렇게 만들 자신이 있는가?

"솔직하게 말하자면······."

—그렇겠지? 솔직하게 말해서 그런 정도의 사기적인 스펙은 누구라도 불가능한 일이 아니겠는가? 자네의 바람 정도로 생각하겠네.

"하하하! 자네 잘못 알고 있네. 우리나라 말은 끝까지 들어봐야 한다는 말이 있잖은가? 솔직히 말해서 나라면 1년에 50승 이상, 홈런 100개 이상도 가능하네. 그런데 나 혼자 그렇게 설쳐서 무슨 이득이 있겠는가? 따라서 나는 말고, 그 절반 정도야 충분히 가능하지 않겠는가?"

—리얼리?

"물론이네. 자네 약속을 지키도록 하게."

서원명 대통령은 어떻게 그게 가능한지 궁금해서 자꾸 캐물었다.

강권은 말해주지 않고는 전화를 끊을 수 없을 것 같아 자기 생각하고 있는 방법을 말해주었다.

"우리나라 고대 무공 수련 방법 중에는 양손을 사용하게 만드는 게 있다네. 일명 음양구련종횡련(陰陽九鍊縱橫練)이라는 무공일세. 음양은 말 그대로 좌우 아닌가? 또 구련은 엄청난 단련을 뜻하는 말이네. 그리고 종횡이란 마음대로 할 수 있다는 의미일세. 합치면 좌우를 마음대로 사용할 수 있다는 말이지 뭔가?"

—설사 그렇다 하더라도 선발투수가 한 번 등판을 하게 되면 많게는 일주일 적게는 닷새 이상 쉬어야 가능한데 어떻게 40승을 올릴 수 있겠는가?

"하하하! 보통 사람이라면 그것이 불가능하겠지만 내공을 갖고 있다면 전혀 불가능한 일도 아니라네. 또 매번 등판할 때마다 전력투구를 하는 것도 아니니 체력을 유지하는 것도 큰 문제는 없을 것이네."

—투수는 그렇다 하더라도 체력이 약한 동양인으로 매년 100개 이상 홈런을 칠 수 있겠는가?

"내가 생각하기에는 투수보다도 타자가 더 쉬울 것이네. 칼을 휘둘러 날아가는 파리를 정확히 반으로 가를 수 있는 동체 시력을 가진 사람이 설마 배트를 휘둘러 공을 맞힐 수 없겠는가? 자네 석천이에게 내가 날아가는 총알을 정확히 보고 피했다는 말을 들은 적이 있었지? 지금 '환' 스포츠 센터에 소속되어 있는 아이들 중에는 그 정도는 아니더라도 KTX를 타고 가는 사람의 인상착의를 정확히 그려낼 수 있는 아이들이 상당히 많이 있을 것이네. 그런 아이들이라면 160Km 정도의 강속구 정도는 우습게 쳐내지 않겠는가? 스포츠라는 게 따지고 보면 동체 시력과 스피드만 있으면 어느 정도 기본은 한다고 보네. 거기에 힘까지 겸비한다면 결과는 빤할 게 아니겠는가?"

서원명 대통령은 강권의 말에 흥미가 동하는 듯 하나의 제안을 했다.

—강권이, 자네 말일세. 혹시 그 '환' 스포츠 센터 같은 것을 여러 개 만드는 게 어떻겠는가? 그래서 군

입대를 앞둔 선수들을 받아들여서 병역 문제도 해결시켜 주고 스포츠 전 종목에 걸쳐서 저변을 확대시킨다면 그야말로 우리나라는 스포츠 강국이 될 것이 아니겠는가?

"정암이, 나도 그러고 싶네만…… 자네 혹시 '환' 스포츠 센터에 소속되어 있는 아이들의 하루 식대가 얼마나 드는지 알고 있는가?"

―그거야…… 언젠가 태능 선수촌의 선수들에게 지급하는 한 끼 식사 비용이 대략 9,000원 정도 드는 것으로 보고를 받은 적이 있네. 그보다는 좀 많겠지. 그렇지 않나?

"하하하! 그 정도면 껌 값 정도밖에 되지 않는다네. 걔네들 한 끼 식사 비용이 무려 13만원이나 되네. 이를테면 '환' 스포츠 센터를 세 개 더 만들면 하루에 식대로 3억이 더 들어가네. 일 년이면 천억원이 훌쩍 넘어간다는 말이지. 그래도 꼭 만들어야겠는가?"

―어휴, 그렇게나 많이 들어가는가? 나는 도무지 상상이 가지 않네. 그런데 자네 내가 만들라고 하면 만들기는 할 모양이지?

"우리나라의 대통령님이 우리나라의 위상 좀 세우 겠다는데 최대한 협조를 해야 되지 않겠나? 그런데 '환' 스포츠 센터 하나를 만드는데 대략 1조가량이 들어가니까 그것을 감안해서 혜택을 주게. 물론 전부 내 돈으로 지을 거니까 다른 걱정은 말고. 한 다섯 개 정도 더 지으면 되겠지? 참, 스포츠 센터는 800m 이상의 고지대에 지어야 효율적인데 자네도 알다시피 우리나라에서 800m 이상의 고지대는 대부분 국립공 원이나 도립공원으로 묶여져 있네. 그 문제를 우선 해 결해 주어야겠네. 그 문제만 해결해 준다면 당장 짓도 록 하겠네. 어떤가?"

—하하하! 우리나라의 위상을 높이자는데 아무렴 그 정도도 못해줄까? 그런 걱정은 하지도 말게.

이렇게 강권과 서원명 대통령의 합의가 도출되자 그 다음은 일사천리로 진행이 되었다.

지자체들도 자기 지역에 명품 스포츠 센터가 들어서 면 여러 가지 이득이 있을 것 같아 서로 유치하겠다고 난리여서 어려운 것도 없었다.

물론 환경 단체들이 반대를 하기는 하겠지만 이미 '환' 스포츠 센터가 친환경적으로 만들어져 있으니 그닥 명분이 있을 리 없었다.

서원명 대통령은 내친김에 과학이나 예술 분야도 스포츠 센터와 같은 것을 만들었으면 했다. 그래서 스포츠만 강국이 아닌 문화 전반에 걸쳐서 강국으로 만들고 싶어 했다.

강권이 버티고 있는 한 우리나라를 침략하려는 골빈 나라가 없을 테니 그런 걸 만들어서 애국심도 고취시키고 꿩 먹고 알 먹고 하자는 게 서원명 대통령의 의도였다.

'젠장맞을, 괜히 말했다 옴팡 독박 썼네. 휴우, 나라의 위상을 높이는 것은 좋은데 내 돈만 숱하게 깨지게 생겼잖아.'

강권은 내심 구시렁거렸지만 그래도 싫지만은 않았다.

LA다저스, 또 1년도 안 돼서 주인이 바뀌게 될 것 같다.

매직 존슨이 이끌고 있는 투자 전문회사 구겐하임 파트너스가 23억 달러에 LA다저스를 인수한 지 채 1년도 되지 않아서 사우스 코리아의 한 글로벌 기업이 다시 LA다저스를 사들이게 될 것이라고 한다.

LA다저스를 인수하게 될 기업의 관계자는 LA다저스를 인수하게 된 것은 순전히 그룹 CEO의 의지라고 전했다.

투자 전문가들에 따르면 LA다저스를 사들일 여력이 있는 사우스 코리아의 기업으로는 오성과 그룹 '환' 정도일 것이고 그중 그룹 '환'이 유력할 것이라고 한다.

……중략…….

이 관계자는 LA다저스를 인수하는 비용은 무려 33억 달러라고 했다. 이 금액은 구겐하임 파트너스가 인수한 금액보다 무려 10억 달러나 많다. 이로써 구겐하임 파트너스사는 불과 1년 만에 10억 달러의 이득을 보게 되는 셈이다.

LA타임스 기자 데이비드 콴필드.

LA다저스를 우리나라 기업이 인수하기로 한 뉴스는 우리나라에는 보도가 나가지 않았는데 일본과 중국에서는 크나큰 반향을 불러일으키고 있었다.

특히 일본 같은 경우는 우리나라가 과학, 기술, 문

화 전 분야에 걸쳐서 성큼성큼 앞서 가고 있는데 비해서 자기네 나라는 점점 퇴보하고 있다는 피해의식에 사로잡혀 있어 그런지 더 심했다.

게다가 2111년 3월 11일에 발생한 동북 지방의 강진 이후에 산발적 여진이 계속되고 있고, 원자로 폭발로 인한 방사능의 피폭 지역이 점점 있다는 것이 일본 국민들의 피해의식을 더 크게 해주었다.

사촌이 땅을 사면 배가 아프다는 말처럼 피해의식에 아픔까지 더해지자 민감한 청소년들의 좌절감은 급기야 심리적 공황 상태를 야기하기에 이르렀다.

Jadie8282······ ; 난 일본 사람으로서 살아갈 희망을 잃어버렸다. 신은 과거 우리 선조들이 저지른 만행에 대해서 지금 벌을 내리는가 싶다. 잘못했으면 잘못한 자에게 벌을 내려야 하지 않는가? 그런고로 신은 너무나 불공평하다. 어이해 신은 우리 일본에게는 뼈아픈 시련을 주고 조센진에게는 축복을 내리는지 모든 게 다 밉다. 누구든 걸리면 죽이고 싶은 심정이다. 제기랄, 케세라세라다.

tkfkdm4473…… ; 난 한국이 너무 좋다. 아니, 한국에 관계된 것은 그게 무엇이든 너무너무 좋다. 내가 일본 사람이 맞나? 한국에 귀화하면 안 될까? 오늘도 지진이 세 차례나 왔다. 한국에는 그렇지 않은데…… 일본 열도가 침몰이 된다는데 그러면 어떡하지? 한국에 땅을 사두어야 하나?

wjdakf0081…… ; Dr. Seer의 콘서트를 보고 난 이후부터 앞으로 우리 일본이 결코 한국을 이길 수 없다는 걸 직감하게 되었다. 축구만 봐도 그렇다. 터키를 9:0으로 이기고 그리스는 무려 22:2로 이겼다. 우리 일본이라면 죽었다 깨나도 어림없을 것이다. ……중략……. 이제 한국은 야구에서도 메이저리그를 정복하려고 하고 있다. 부럽다. 한국에서 살고 싶다. 어떻게 한국으로 이민을 갈 수는 없나?

인터넷에 실려 있는 댓글 몇 개를 보면 일본 청소년들의 좌절감과 박탈감이 어떤지를 잘 알 수 있을 것이다.

중국과 일본에서 한창 떠들고 난 다음에야 우리나라

에서는 우리나라 기업이 LA다저스를 인수할 것이라는 보도가 나왔다.

그런데 보도가 크게 두 가지 유형으로 나뉘고 있었다. 첫 번째 유형은 아래 기사와 같은 D스포츠 신문처럼 쾌거라고 부르는 호의적인 논조의 보도였다.

드디어 우리나라에서 메이저리그 구단주가 탄생하다.

'환' 종합매니지먼트사의 정일영 기획실장은 7월 1일자로 33억 달러에 LA다저스를 인수하기로 MOU를 체결했다고 발표했다. 이 액수는 작년 매직 존슨 등이 콘소시엄을 구성해서 20억 달러에 인수한 가격의 배에 해당하는 가격이다.

......중략......

'환' 종합매니지먼트사의 정일영 기획실장의 말에 따르면 메이저리그의 최고 구단을 만들기 위해서 그룹 차원의 투자를 하기로 했다고 한다.

—H 스포츠 장세명 기자.

이에 반해서 악의적인 불법 자금의 세탁이니, 국부의 심각한 유출이니 하면서 그룹 '환'의 처사를 맹비난하는 것이었다.

이 악의적인 보도는 이른바 J, G, D로 대변되는 우익 보수 진영의 일간지들이었다.

이 두 가지 유형의 보도는 인터넷상에서 치열한 다툼을 벌이고 있었다.

Dr.Seer사랑…… ; Dr. Seer님께서 빌보드 정복에 이어 이번에는 메이저리그를 정복하시려고 하신다. 대한남아의 쾌거가 아닐 수 없다. ㅊㅋㅊㅋ.

whffkr1Qms…… ; DR. Seer님 정말 쩐단 말이야? 노래로 세계를 뻑 가게 만들더니, 축구로, 격투기로, 이번에는 야구가? 어쩜 세계 최초로 50승 투수나 100홈런을 날리는 타자를 만들지도…… 하하하! 정말이지 생각만 해도 행복한 일이 아닐 수 없다고. ㅊㅋㅊㅋ.

……중략……

DntrlwlakR······ ; 최강권이란 자가 돈 좀 벌더니 미국에서 살려고 LA다저스를 인수했다. 보나마나 한국에서 돈 벌어서 미국에서 쓰려는 것이겠지. 아니면 암흑가의 보스인 최강권이 불법 자금을 세탁하려고 LA다저스를 사들인 것이든지. 암튼 최강권이 재수 똥덩어리다. ㅆㅂㅆㅂ.

wotnghkdekd······ ; 나는 전직 경찰임. 최강권이 과거가 너무 불투명함. 이걸 어떻게 해석해야 좋을지 모르겠음. 제기랄, 그 노마는 무슨 돈이 그렇게 남아돌아서 10억 달러나 더 주고 사들이는 걸까? 그렇게 여유가 있으면 나 좀 도와주지. ㅈㄱㄹㄴ.

······중략······.

이런 논란이 계속되자 서원명 대통령은 강권에게 전화를 걸어 진상 파악에 나섰다.

─이봐, 강권이 어떻게 된 거야?

"어떻게 되긴 뭐가 어떻게 돼?"

─자네 정말 33억 달러나 주고 LA다저스를 사들인 거야?

"응, 그런데 사들였다는 것보다는 내 거가 된 것은 맞아. 왜?"

─매직 존슨이 1년 전에 23억 달러 주고 샀다며? 그런데 1년도 안 된 사이에 10억 달러나 더 주고 사들일 이유라도 있나?

"LA다저스를 매직 존슨이 사들인 게 아니고 투자 전문회사 구겐하임 파트너스사가 사들인 거야. 그런데 구겐하임 파트너스사의 주식 87%를 우리 '환' 종합 매니지먼트사가 사들였어. 말하자면 주머닛돈이 쌈짓돈인 식이지. 자세한 답을 해주기 전에 자네에게 한 가지 물어보세. 자네는 우리나라 대기업들이 주식을 몇 %나 보유하고 주인 행세를 한다고 생각해? 그룹 전체 주식의 불과 2~3% 정도야. 지주 형식으로 지배하고 있으니 그럴 수 있다는 거야. 나도 마찬가지로 LA다저스를 손에 넣었다고 보면 돼. 그건 그렇고 지금부터 내가 하는 말은 자네만 알고 있게. 사실을 말하자면 내가 LA다저스를 사들이려고 사들인 것이 아

니라 투자 회사인 구겐하임 파트너스사를 이용해서 액
슨모빌과 U. S. Steel을 먹어 버리려고 하는 중이
거든. 지금은 그렇게만 알아두게. 나중에 내가 자세히
말해줄 테니."

─정말인가? 정말 매스컴에서 떠드는 것처럼 23억
달러짜리를 33억 달러에 사들인 것이 아니지?

"하하하, 자네 내 말 못 믿나? 그렇다고 하잖아."

강권은 간단히 대답을 하고 전화를 끊어 버렸다.

*연두교서(State of Union Message)

연두교서는 미국 대통령이 매년 초에 상, 하 양원합동회의에서
국가의 전반적인 상황을 분석, 요약하여 기본 정책을 설명하고 이
에 필요한 입법을 요청하는 정기적인 연설을 말한다.

1790년부터 시작된 미국 대통령의 연두교서는 1912년까지는
연설을 하는 대신에 서신을 통해 발표됐다.

미국 대통령이 양원 합동회의에 출석하여 연설로 연두교서를
밝히는 관행이 정착된 것은 1913년 우드로 윌슨 대통령 때부터라
고 한다.

미국 대통령은 법안 제출권이 없기 때문에 이 같은 교서를 통해 정책과 소신을 밝혀 의회에 입법을 권고하는 것은 의회를 견제하거나 협력을 구하는 중요한 정치 수단의 하나다.

또한 TV나 라디오를 통해 전국에 중계되기 때문에 의회뿐만 아니라 국민에게 국정 방침을 어필할 수 있는 중요한 정치 행사에 속한다.

연두교서의 법적 근거는 [대통령은 때때로 의회에 나와 연방의 상태에 관한 정보를 밝혀야 한다.]고 규정된 수정헌법 제2조 3항이라고 한다.

연두교서는 예산교서, 경제교서와 함께 3대 교서의 하나에 속하는데 이 3대 교서 외에도 필요한 때에 수시로 하는 특별교서가 있다.

제7장
조화지체(調和之体)를 찾아내다

Dr. Seer와 KM 엔터테인먼트의 조인트 월드 투어는 브라질 리우데자이로의 리우 마라카낭에서 대장정을 마치려고 하는 중이었다.

리우 마라카낭 경기장은 1950년 제4회 월드컵 결승전이 치러졌던 마라카낭 경기장을 제20회 월드컵 결승전을 치르기 위하여 리모델링한 축구 전용 구장이다.

원래 좌석수가 15만 5천 석에 최대 수용 인원이 22만 명이란 것이 말해주듯 리우 마라카낭은 지름이 944m, 높이가 32m 달하는 어마어마한 규모의 경기장이다.

좌석수가 8만 2,283석 규모로 축소가 되었지만 2006년 독일 월드컵 결승전이 치러졌던 뮌헨의 알리안츠 아레나를 모델로 삼고 리모델링을 한 만큼 리우 마라카낭은 웅장하면서도 아름답기 그지없었다.

"와! 엄청나게 크네. 잠실 운동장 몇 배는 되겠다. 역시 큰 나라여서 그런지 우리나라와는 규모가 다른 것 같아."

"요오! 당연한 것 아니겠어? 난장이 똥자루만 한 햇살이가 보니 더 커 보일 수밖에."

"뭐어! 요 멀대가 지금 무슨 소리를 하고 있는 거야?"

"수형아, 그 말 사과해라."

수형이가 햇살이를 놀리는 걸 보고 '뮤즈 걸스'의 단신 듀오, 이른바 단듀에 속하는 소연이가 참견을 했다.

단듀는 키가 160cm가 되지 못한 것이 콤플렉스여서 키에 관계된 말을 하면 참지를 못했다. '뮤즈 걸스'의 최장신인 수형이는 단듀들의 리액션이 재미있어서 자꾸 지분거렸다.

지금도 그런 상황이었다.

"뭐시라? 시방 단두들이 감히 본좌를 협공하는 것이야? 도저히 참을 수 없다."

"참을 수 없다고? 그럼 해보자는 거야?"

"아니."

뮤즈 걸즈의 단신 듀오들이 주먹을 내보이자 수형이는 헤헤거리면서 급정색을 했다. 그리고 하는 말.

"도저히 참을 수 없어서 사과하겠다고."

"뭐어? 푸하하하!"

"역시 우리 수형이야. 우쭈쭈쭈."

"헤헤헤헤."

근 2개월에 달하는 월드 투어의 마지막 공연을 앞두고 뮤즈 걸즈의 소녀들은 이런 식의 유희로 피로와 짜증을 달래고 있었던 것이다.

"내일로 월드 투어가 끝나는 건가?"

"으응."

"짜증나는 일도 많았지만 그래도 지난 50여 일간의 투어는 엄청 보람이 있었던 것 같아. 그지?"

"당근이지. 그런데 니들은 어디서 하는 공연이 제일 기억에 남냐?"

햇살이의 물음에 '뮤즈 걸스' 소녀들은 일제히 "미니트 메이드 파크"라고 소리쳤다.

"니들도 그랬니? 하긴, 우리 최 이사님의 공연에는 다들 뻑 가는데…… 그렇지만 그렇게 열성적인 환호는 처음이었던 것 같아. 이건 콘서트장이 아니라 마치 사이비교의 부흥집회 같았으니까 말이야."

"맞아. 딱 사이비 종교의 집회 같았어. 그런데 우리도 청중들에게 그렇게 환호를 받을 수 있을까?"

"아마 그것은 힘들 거야. 우리도 나름 꽤 팬덤을 확보하고 있다고는 하는데 우리 최 이사님에게는 도저히 잽이 안 되는 것 같아."

"그래 맞아. 원래의 스펙은 자체가 완전 사기니까 말이야."

"뭐가 완전 사긴데?"

누군가의 목소리가 소녀들의 귓가에 들리자 소녀들은 깜짝 놀라며 황급히 소리 나는 쪽을 보았다. 호랑이도 제 말하면 온다더니 그녀들이 말하고 있던 최강권이었다.

"어! 최 이사님."

"이사 오라방, 땀치 두세염."

"수형아! 너 또 몹쓸 주부애를 구사하는 거냐?"

"아잉, 이사 오라방, 땀치 두세염."

"이사 오라방, 나는요 꽃등심 주세염."

"에효, 니들은 어째 나만 보면 참치와 꽃등심 타령이냐?"

"당연하죠. 이사님은 우리 '뮤즈 걸스'의 셔틀이니까 말이에요."

이렇게 무자비한 발언을 하는 소녀는 당당히 '뮤즈 걸스'의 초딩 삼인방의 한 축을 담당하는 효현 양이었다.

"에효, 내가 니들을 어떻게 이기냐? 니들 때문에 못살겠다. 못살아."

"이사님, 그럼 오늘도 파리하는 거예요? 파리."

무자비하게 혀를 굴려주시는 윤이의 말에 강권은 코웃음 치며 대꾸해 주었다.

"흥, 파리는 무슨 얼어 죽을 파리? 모기나 바퀴벌레 정도가 아닐까? 떼거지로 덤벼들어서 성가스럽게 하니까 말이지."

"이사님 참, 못됐어. 어떻게 우리 같이 어여쁜 숙녀들을 그런 지저분한 것들과 비교할 수 있지?"

언제나 얼음장 얼굴을 하고 다니는 '뮤즈 걸스'의 말년병장 제시의 말이었다.

그런 제시의 말에 강권은 코웃음 치며 대꾸했다.

"허! 니들이 어여쁜 숙녀들이라고? 겉모습뿐이겠지? 속내를 면면히 살펴보면 마군이도 그런 마군이가 없으니 말이지."

여기까지 말하던 강권은 한 소녀를 보고는 얼른 정정했다.

그 소녀는 '뮤즈 걸스'에서 바른 생활을 담당하는 막내 주연이었다.

"참, 정정해야겠다. 숙녀 한 명과 여덟 바퀴벌레들. 됐냐?"

"이사 오라방, 못됐어. 참치와 꽃등심으로 만족하려고 했는데 와인 한 바리끄 추가."

"찬성."

"나도."

"저도 좋아요."

"아악! 주연아 너마저도……."

강권이 브루투스에게 암살당하는 카이사르(씨저)와 같은 흉내를 내자 주연이가 얼굴을 붉히며 사과를 했다.

"죄송해요. 이사님. 와인이 너무 맛있어서 참을 수 없거든요."

결국 투어의 마지막 공연을 앞둔 전야제는 하와이산 참치 회, 횡성산 한우 꽃등심 그리고 강권표 와인으로 먹자 파티가 되었다.

강권표 와인의 특징은 일단 목으로 넘기기는 가볍지만 세 잔 이상은 먹기 힘들다는 것이었다. KM 소속 가수들과 임원들은 그걸 알고 있었다.

그런데 로드 매니저로 들어온 지 얼마 되지 않은 신참 송기혁은 그런 사실을 미처 알지 못했다.

들어온 지 얼마 되지 않아서 회식에 한 번도 참가하지 않았던 것이다.

KM 소속 사람들이라면 송기혁이란 이름에서 대번에 '뮤즈 걸스'를 담당하고 있는 부장 송기범의 친척이란 것을 알 수 있을 것이다.

그 말처럼 송기혁은 송기범의 막내 동생이었다.

신참 로드 매니저가 월드 투어에 함께할 수 있는 것은 부장 송기범의 입김 때문이 아니겠느냐고 할런지 모르겠지만 송기범은 철저하게 원리 원칙에 충실해서 정실(情實)에 연연할 사람이 아니었다.

사실 송기혁이 월드 투어에 합류할 수 있었던 것은 고수원 회장의 지시 때문이었다.

월드 투어를 앞두고 대테러에 전문가의 필요성을 느끼고 고수원 회장은 송기범 부장에게 707 특임대대에 근무하는 동생 송기혁을 수단과 방법을 가리지 말고 KM 엔터테인먼트로 끌어들이도록 지시했다.

그런 경위로 송기혁은 '뮤즈 걸스'의 전담 매니저로 만들어주겠다는 형의 꼬임에 넘어가 707특임대대에서 전역하고 KM에 입사하게 되었던 것이다.

송기범 부장도 로드 매니저 출신답게 187cm에 100kg를 육박하는 거구였지만 송기혁은 형보다 덩치가 좋아서 190cm에 103kg의 육중한 체구였다.

송기혁은 평소에도 과묵했지만 자기가 좋아하는 '뮤즈 걸스'와 함께 있다 보니까 더 더욱 말이 없어지고 대신에 입에 짝짝 달라붙는 와인만 홀짝이게 되었다.

송기혁은 엄청난 덩치에 특수부대 출신답게 두주불사(斗酒不辭) 형의 인간이었지만 강권표 와인은 그게 통하지 않았다.

송기혁이 대취하게 되자 특수부대 출신 특유의 꼬장이 나왔다.

그런데 하필이면 상대가 강권이었다. 자신의 실력을 과신한 나머지 강권과 한판 붙어보고 싶었던 것이다.

"야! 너 나이도 어린 것이…… 딸꾹, 뭐 그리 거드름이냐? 딸꾹, 계급장 떼고 한판 붙자. 딸꾹, 사내는 오직 주먹 아니겠어? 딸꾹."

"오빠, 너무 취했어요. 가서 쉬세요."

'뮤즈 걸스'의 바른 생활 담당 주연의 말에 송기혁은 잠시 멈칫거렸다.

그런데 강권이 평소와는 다르게 같잖은 송기혁의 도발에 응했다.

"주연아, 나둬. 저 친구 말마따나 사내들은 주먹으로 대화를 해야 비로소 허물없이 친해지는 법이걸랑."

"야! 너도 뭐 좀 안다. 딸꾹, 좋아. 한판 부우짜.

딸꾹."

큰소리가 나자 좌중이 이쪽을 주목하게 되고 급기야
사태를 알아차린 송기범이 득달같이 나섰다.

"야! 이 새끼야, 술 처먹었으면 곱게 디비져 잠이나
퍼 잘 일이지 어디서 꼬장을 부려?"

송기범은 부리나케 이쪽으로 오며 강권에게 정중하
게 사과를 했다.

"최 이사님, 죄송합니다. 평소에는 얌전한데 술에
취하면 이 모양입니다."

"하하, 아닙니다. 저 친구 말이 틀린 게 없습니다.
송 부장님도 아실 테지만 사내들이란 일단 주먹의 대
화가 오고 가야 진정하게 친해지지 않습니까? 저 친구
에게 알아볼 것도 있으니 놔두십시오."

"예에? 그게 무슨 말씀이신지?"

"하하하, 저 친구의 체질 좀 알고 싶어서요."

"그, 그렇지만 어떻게 감히……."

"됐습니다. 이사로써 명령이니 그만 자리로 돌아가
십시오."

송기범은 강권의 말을 이해하지 못했지만 강권의 포
스에 말려 국외자가 되어 버렸다.

강권이 송기혁에게 흥미를 느낀 것은 송기혁의 체질이 조화지체(調和之体) 같다는 것이었다.

조화지체는 천살성이나 무극지체처럼 전설적인 신체는 아니지만 그런 전설적인 신체에게 없는 한 가지 장점이 있다.

그것은 탁월한 환경 적응력이었다.

물이 없이 사막에 던져 놓아도 살아갈 수 있고 발가벗겨 북극에 버려두어도 살아갈 수 있을 정도의 놀라운 적응력이었다.

강권이 이런 자리에서 굳이 송기혁의 체질을 알아보려는 것은 잘하면 서원명 대통령에게 말했던 메이저리그 40승 이상의 투수, 100홈런 이상의 타자를 세상에 내놓을 수 있을 것 같기 때문이었다.

사실 서원명 대통령에게 큰소리는 쳐 놓았지만 자신이 직접 선수로 뛰지 않고서는 그 정도의 성적은 사실 불가능했다.

물론 호문클루스인 '해' 정도면 가능은 할 것이다. 그렇지만 쓸 곳이 많은 '해'를 그 정도 달성하자고 메이저리그에 처박아 둘 수는 없는 노릇이 아닌가. 그런데 조화지체라면 충분히 가능했다.

물론 거기엔 어마어마한 투자가 따라야 하겠지만 말이다.

혈맥을 만져 보지 못해서 확신을 하지 못하지만 강권이 느끼기에 송기혁은 분명 조화지체였다.

조화지체가 왜 중요하느냐 하면 조화지체만이 음양구련종횡련이라는 무공을 팔성 이상 익힐 수 있기 때문이었다.

물론 조화지경에 이른다면 음양구련종횡련을 익힐 수는 있다.

그런데 무림도 아니고 현대에서 조화지경까지 무공을 익힐 수 있는 사람이 누가 있겠는가?

결과는 송기혁은 조화지체였다.

"그러니까 기혁이를 이사님께서 거두시겠다고요?"

"그렇습니다. 송 부장님. 내가 데려다 크게 쓰겠습니다."

"이사님께서 데려다 크게 쓰신다면 저야 좋지만 기혁이도 이제 어엿한 성인인데 기혁이의 앞길에 관한 일을 제가 어떻게 왈가왈부하겠습니까? 지가 좋다면 말리지는 않겠습니다."

송기범의 이런 말은 빈말이 아니었다.

KM 엔터테인먼트가 엄청 잘나가고 거기에 연예인들과 함께한다는 나름의 장점이 있지만 보수는 생각보다는 박한 편이었다.

로드 매니저 같은 경우는 연봉이 채 2,000도 되지 못했다.

물론 송기혁 같은 경우는 특채에 경력까지 인정을 받아 연봉이 3,600이지만 송기혁이 지금이라도 경호 업체에 입사하면 팀장급에 연봉 5,000 이상은 충분히 받을 수 있을 것이다.

게다가 그룹 '환'이라면 강권이 건재하는 한 망할 염려도 없고 전 세계를 통 털어서도 최고 대우를 해주기 때문에 더 받을 수도 있을 것이다.

확실히 경제적인 것만 놓고 본다면 송기혁이 KM 엔터테인먼트사에 있는 것보다 강권의 밑에 있는 것이 훨씬 나을 것이다.

형의 입장에서라면 동생이 강권의 밑에 들어가는 것을 권하고 싶을 정도였다.

그렇지만 송기범은 KM 엔터테인먼트사에 매인 몸이고 고수원 회장의 부탁을 받고 끌어들인 만큼 자신이 나서서 그렇게 하도록 권할 수도 없는 입장이었다.

"하하, 송 부장님의 생각은 잘 알았습니다. 그럼 저 친구와 다시 한 번 진지하게 대화를 해보도록 하지요."

강권의 말에 송기혁은 절망을 느꼈다.

딴에는 나름 주먹이라면 누구에게도 뒤지지 않는다고 생각을 했지만 저 인간은 레벨부터가 달랐다.

전신이 결리지 않는 곳이 없을 정도로 안마(?)를 받고 잘 먹었던 술의 기운을 순식간에 *말짱 황으로 만든 다음에야 송기혁은 그런 사실을 뼈저리게 체득할 수 있었다.

그런데 강권이 다시 진지하게 대화를 나누자고 말하자 송기혁은 다시 대화를 나누느니 차라리 죽는 게 나을 것이라는 생각이 간절할 정도가 되었다.

"하, 항복합니다. 시키시는 대로 저, 전부 하겠습니다. 그, 그런데 제가 맡은 임무가 있으니 내일까지만 KM 소속으로 있겠습니다. 그렇게 해주십시오."

송기혁은 결국 이렇게 무조건 투항을 하고 말았다.

그런데 이것마저도 송기혁의 뜻대로 되지 않았다.

강권이 고수원 회장을 겁박(?)해서 KM 엔터테인먼트에서 퇴사시켜 버렸던 것이다.

그 다음부터 송기혁은 곧장 지옥행 특급열차에 탑승을 하게 되었다.

"허억, 허억……."

송기혁은 저 악마가 가르쳐 준 무슨 요상한 구결을 강제로 외운 다음부터 극한이 무엇인가를 몸으로 체험해야 했다.

숨이 턱에 차오를 때까지 달리는 것은 기본 중의 기본이었다. 손바닥과 발바닥을 한데 모은 후에 자신의 배꼽을 보며 역시 가르쳐 준 대로 숨을 쉬어야 했다.

하루가 마치 보름쯤 되는 것 같았다.

그런데 송기혁이 꿈에도 알 수 없었던 것은 그가 보낸 하루가 실제로 보름에 해당된다는 사실이었다.

그가 구슬땀을 흘리면서 뒈지게 훈련을 받고 있는 곳이 [타임 슬로우] 마법진 안이었기 때문이다.

판타지 세상에서나 벌어질 법한 일을 그가 실제로 겪고 있다는 사실을 어찌 짐작이나 할 수 있겠는가?

삼 일이 지나자 송기혁은 나름 적응이 되었는지 훈

련 중에도 딴생각을 할 여유가 생겼다.

그때마다 이마에 혹을 달았다는 것만 빼고는 그런대로 견딜 만해졌다.

그런데 송기혁이 전혀 짐작조차 하지 못하는 일들이 있었다.

우선 그가 이 안에서 지낸 날은 달력상으로는 분명 3일이었지만 실제 45일이라는 사실, 두 번째로 그가 먹는 음식들이 '달'이 컴퓨터로 그의 몸을 최적의 상태로 만들기 위해서 뽑은 데이터에 입각해서 만들어진 것이고 몸에 좋다는 영약들을 간식 삼아서 보조영양제로 섭취하고 있다는 사실, 세 번째로 그 정도 가치의 음식과 영약들을 실제로 구입하려면 매끼당 천만 원 이상이 든다는 사실 등이었다.

그러니까 강권이 그의 몸을 제대로 만들어주기 위해서 불과 3일 동안에 그에게 투자한 돈이 최소로 잡는다고 해도 무려 13억 5천만 원에 해당한다는 사실을 송기혁이 어찌 짐작이나 할 수 있겠는가?

이런 것들을 알지 못하니 송기혁은 강권이 악마로 보일 수밖에 없는 것이다.

그리고 송기혁이 이해할 수 없는 것이 하나 있었다.

'저 인간 콘서트를 했어야 하지 않나? 어떻게 내내 나와 함께 있는 거지?'

바로 이것이었다.

송기혁이 알기로 저 인간은 분명 Dr. Seer고 투어 중인데 어떻게 자기와 함께 있는지 궁금하기 짝이 없었다.

'투어에서 노래를 부르지 않으면 위약금을 어마어마하게 지불해야 하지 않나?'

불과 몇 개월이지만 송기혁이 로드 매니저를 하며 들었던 풍월로는 콘서트를 하지 않으면 어마어마한 위약금과 배상금을 물어야 하고 그것은 스타일수록 더 액수가 커질 수 있다는 것이었다.

JYK 소속 월드 스타 하나가 LA에서 콘서트를 연다고 했다가 사정이 있어 열지 못했다가 수십억 원을 물어주었다는 것도 결코 남의 일만은 아닌 것이다.

콘서트장에서 노래를 부르는 것이 홀로그램 영상으로도 가능하다는 것을 모르는 송기혁으로서는 당연히 가질 수밖에 없는 궁금증이었다.

10일쯤 그렇게 돼지게 구른 다음에 송기혁은 악마

가 가져다주는 헬멧을 뒤집어쓰고 되도 않게 투수들이
나 하는 투구하는 방법과 타격을 익혀야 했다.

　더욱더 요상한 것은 오른손으로도 왼손으로도 공을
던지는 법과 타격을 익힌다는 것이었다.

　'젠장맞을, 이게 뭔 짓거리래? 로드 매니저인 내가
왜 투구를 익혀야 하고 타격하는 것을 배워야 하는 거
냐고? 그것도 오른손으로만이 아니고 양손으로 해야
하는 거냐고?'

　과학의 문외한인 송기혁은 자신이 쓰고 있는 오토바
이 헬멧 같은 것이 자신에게 실제로 투구법과 타격 방
법을 익히게 해주고, 투구할 때와 타격할 때 사용하는
근육을 단련시켜 준다는 것을 알지 못했다.

　그리고 이 헬멧이 100년 후에나 시제품이 겨우 나
오게 되는 최첨단 과학의 정화라는 것을 전혀 짐작조
차 하지 못했다.

　또한 그 헬멧이 9클래스 마법사인 '달'이 제어하는
컴퓨터와 다이렉트로 연결되어 있어서 자기의 몸 상태
를 정확하게 체크하고 있다는 것 역시 그의 머리로는
상상조차 할 수 없었다.

　어디 그뿐인가? 송기혁은 자신이 며칠도 지나지 않

아서 LA다저스와 계약을 하게 되고 메이저리그 선수로 뛰게 된다는 것은 꿈에도 생각하지 못했다.

그렇게 딱 보름을 지난 후에 송기혁은 악마가 내미는 꼬부랑 글씨로 된 한 부의 서류에 사인을 해야 했다.

"저, 어르신 이게 무슨 서류입니까?"

"아! 그거? 그것은 네가 LA다저스와 연봉 2,000만 달러에 5년간 선수로 계약을 한다는 서류야."

"예에? 제, 제가 LA다저스와 연봉 2,000만 달러에 5년간 선수로 계약을 했다고요? 그, 그게 무슨 말씀이신지?"

"아! 조금만 기다려 봐. 내가 번역해다 줄게."

송기혁이 어벙한 상태에서 얼마나 있었을까 악마가 한글로 번역이 된 계약서를 가져다주었다.

그걸 읽는 순간 송기혁의 눈은 왕방울만큼 커져야 했다.

"엑! 이게 뭐야? 어르신, 제가 정말 이 서류에 사인을 한 게 맞습니까?"

"짜식, 내가 너와 농담 따먹기나 할 정도로 한가한 것 같아?"

"그, 그렇지만 저, 저는 야구를 할지 모르는데요?"

"지금까지 배운 것은 뭐고? 내가 시간이 남아돌아서 너를 껴잡고 개지랄을 떤 것 같아? 잔말 말고 내일은 LA다저스에 가서 상견례를 하고 모레부터 선발투수 겸 지명타자로 뛰어야 하니까 그렇게 알고 있어. 참, 니 취업 비자는 이미 발급을 받아두었으니까 내일 나랑 같이 LA로 가면 된다. 알겠지?"

"……."

송기혁은 악마의 말에 토를 다는 게 매를 버는 지름길이라는 것을 경험했기 때문에 될 대로 되라는 식으로 마음을 다져 먹었다.

'에휴, 내가 어쩌다가 저 악마와 엮여가지고 생고생을 하는 거지? 에라 모르겠다. 굿이나 보고 떡이나 먹어야지. 아니지? 연봉 2,000만 달러에 5년간 계약이면 내가 5년 동안에 1억 달러나 번다는 건데. 설마?'

그런데 그 설마가 현실이 되었고, 자신이 악마라고 여겼던 사람이 평생의 은인이 될 줄은 이때까지만 해도 짐작조차 하지 못했다.

❖ ❖ ❖

돈 메르치스 LA다저스 감독은 감독실에서 LA다저스의 실소유주라는 새파란 동양인을 만나면서 황당한 일을 경험하게 되었다.

최강권이라고 자신의 이름을 밝힌 풋내기 애송이가 동양인치고는 꽤나 덩치가 큰 사람을 소개하면서 앞으로 5년간 LA다저스의 우승을 책임져 줄 인물이라고 하는 게 아닌가?

'뭐시라? 지금 뭐라고 말한 거야? 뭐? 5년간 우리 LA다저스의 우승을 책임져 준다고? 지금 장난하나?'

메르치스는 자신이 잘못 들은 게 아닌가 하는 생각에 되묻지 않을 수 없었다.

[예에? 헤이, 보스. 지금 무슨 말씀을 하시는지? 뭐? 5년간 LA다저스의 우승을 책임져 준다고요? 그건 그렇다 치더라도 감독도 모르게 선수와 계약을 했다고요?]

'어디에 그런 개 같은 경우가 있습니까? 이 말까지 연달아 튀어나올 뻔했지만 성격이 유한 메르치스는 이

말만은 간신히 삼킬 수 있었다.

그걸 아는지 모르는지 새파랗게 젊은 소유주는 미소를 띠며 한 통의 계약서를 메르치스에게 내밀었다.

[그렇습니다. 도니. 여기 계약서가 있으니 보십시오.]

메르치스는 황당해하면서도 LA다저스 소유주가 내미는 서류를 받아서 읽어보았다.

그런데 읽으면 읽을수록 더 황당해지는 자신을 발견할 수 있었다.

'갓뎀! 무슨 돈지랄도 아니고 이게 뭐하는 짓이지? 전혀 이름도 알려지지 않은 선수에게 연봉 2,000만 달러씩 5년 계약을 했다고?'

그것까지야 자신의 돈을 쓰는 것이니 이해할 수도 있었다. 그런데 그 밑을 읽다가 더 기가 막히는 구절을 읽게 되었다.

선발투수에 지명타자로 계약을 했다는 것은 그럴 수도 있다는 생각이 들었는데 반드시 일주일에 두 차례 이상의 등판에 지명타자를 시켜야 한다는 대목에 눈길이 가자 눈알이 튀어나올 뻔했다.

'홧! 선발투수에 지명타자를 겸하는 것도 모자라

반드시 일주일에 2회 이상 선발투수로 출장에 지명타자를 시켜야 한다고? 이 노랑 원숭이 따위가 감히 메이저리그를 무엇으로 보고 이런 수작을 부리는 거지?'

메르치스는 인종차별주의자는 아니었지만 상황이 그를 인종차별주의자로 만들었다.

왜냐하면 스타 군단이라는 뉴욕 양키즈에서 직접 선수 생활을 했었던 경험이 있기에 이 같은 수작이 도무지 말도 되지 않는다는 것을 알고 있었기 때문이다.

양키즈에서 뛸 때만 해도 이 같은 수작을 부렸다면 가만히 있지 않았을 것이다.

그렇지만 자신의 은사인 조 토리 감독으로부터 '인화(人和)'라는 리더십을 배웠기 때문에 무작정 성질을 부리지 않고 실력으로 잘못을 지적해 주자고 결심했다.

'좋아. 얼마나 잘 던지고, 치는지 한 번 보기나 하자고. 마음에 들지 않으면 마음껏 비웃어 주면 되는 것이고.'

[헤이! 보스, 보스가 돈을 써서 선수를 사들이는 거

야 마음대로 해도 되지만 그 선수를 기용하는 것은 감독인 내 권한 아니겠습니까? 이 친구 으음, 송이 그만한 실력이 된다면 기용을 하겠지만 그렇지 않다면 나는 이 친구를 내 선수로 받아들이지 않겠습니다. 동의하시겠습니까?]

[하하하! 당연한 말씀이십니다. 시험은 좌완, 우완 투구 그리고 스위치 히팅 능력을 보는 것으로 하지요. 어떻습니까?]

[하하하! 아무려면 어떻겠습니까? 그럼 일단 밖으로 나가서 시험해 보기로 하지요.]

메르치스 감독은 LA다저스의 오너가 자기 고집을 내세우지 않고 합리적인 방법으로 가부간 결정을 하려는 것에 나름 만족을 하고 스타디움으로 나갔다.

[우선 몸부터 풀게 하고 시험을 하는 게 좋겠지요?]

[하하하! 그냥 해도 되지만 감독님께서 그렇게 하시겠다면 그렇게 하시지요.]

메르치스 감독은 송이라는 선수가 잔뜩 얼어 있는 것에 불쌍하다는 생각보다는 한심하다는 생각이 앞섰다.

메이저리그 선수로 뛰려는 자가 이 정도의 상황에서

주눅이 들면 수많은 관중 앞에서 어떻게 경기를 하겠냐는 것이었다.

그렇지만 메르치스 감독이 신이 아닌 이상 송기혁이가 잔뜩 쫄아 있는 것이 시험 때문이 아니고 강권 앞에 있기 때문이라는 것을 도저히 알 수 없었을 것이다.

보다 못한 강권이 나섰다.

"어이, 송기혁, 내가 너 잡아먹기라도 하냐? 왜 그리 바짝 얼어 있어? 무극십팔세(無極十八勢) 알지? 그거나 한 번 하고 니 힘껏 던지고, 치고 해봐. 알았지?"

"예. 예. 알겠습니다."

송기혁 혼자 무극십팔세를 하는 게 마음에 들지 않은 듯 강권이 직접 시범을 보여주면서 함께 건들건들 몸을 푸는 것이 흥미로운지 메르치스 감독의 눈에 이채가 어렸다.

언젠가 중국인들이 그리피스 공원에서 하고 있던 태극권처럼 보였기 때문이다.

그렇지만 한참을 봐도 별 볼일 없는 것처럼 보여서 메르치스 감독은 이내 신경을 껐다.

이 무극십팔세는 강권이 무극십팔기를 현대 스포츠에 맞게 변형시킨 것임을 알지 못하니 그럴 수밖에 없을 것이다.

대략 20~30분이 지났을 무렵 송이란 친구가 시험 받을 준비가 된 것 같아 일단 롱토스부터 시켜보기로 했다.

[헤이! 송, 50m부터 차츰 늘려가는 것으로 하자고. 저기 있는 루벤 코치에게 공을 던져. 알겠지?]

메르치스 감독이 말하는 루벤 코치는 재작년까지만 해도 뉴욕 양키즈에서 외야를 보다 메르치스의 러브콜을 받고 LA다저스의 코치로 계약을 맺었다.

뉴욕 양키즈 감독을 하던 조 토리가 양키즈의 스타 메르치스를 LA다저스로 끌어들였다면 메르치스는 양키즈의 스타 루벤을 LA다저스로 끌어들인 것이다.

한국이나 미국이나 출세에는 연줄이 크게 작용하는 셈이다.

송기혁은 메르치스 감독이 말하는 루벤 코치의 얼굴을 기억이라도 하려는 듯 빤히 바라보며 호기롭게 대답을 했다.

자신 있게 대답을 하는 모습에 메르치스 감독은 송

기혁을 다시 보게 되었다.

그렇지만 이내 실망스러운 표정으로 소리를 치고 말았다.

50m 정도의 거리에서 던지라고 했는데 거의 100m나 던져 버렸기 때문이다.

[송, 투수라는 사람이 거리 조절도 제대로 하지 못하나?]

[하! 죄송합니다. 감독님. 공을 한 번도 던져 보지 않아서 힘 조절을 하지 못했습니다.]

[뭐라고? 지금 농담하나? 투수라는 사람이 공을 한 번도 던져 보지 않았다니 그것이 말이 된다고 생각하나?]

송기혁은 사실을 얘기한 것이지만 메르치스 감독은 송기혁이 변명을 늘어놓는다고 생각한 모양이었다.

하긴 상식적으로 생각해도 투수를 하겠다는 사람이 공을 한 번도 던져 보지 않았다는 게 말이나 되겠는가? 송기혁은 한숨을 내쉬고 메르치스 감독에게 다시 하겠다고 말했다.

[하! 죄송합니다. 감독님. 대충 알 것 같으니까 지금부터 잘 던지겠습니다.]

[알았어. 다시 던져 봐.]

[예. 감독님.]

송기혁은 이번에는 높이 던지려 하지 않고 내야수가 수비하듯 가슴 높이로 던졌다.

공중으로 던지면 힘 조절을 하지 못해 너무 멀리 나갈 수 있으니까 가슴 높이로 던지면 아무리 멀리 가더라도 루벤 코치를 거쳐서 가지 않겠냐는 생각이었던 것이다.

그런데 문제는 송기혁이 자신의 힘을 믿지 못해 있는 힘껏 던졌다는데 있었다.

슈욱.

공은 빨랫줄처럼 날아서 순식간에 루벤 코치에게 도달했다.

뻥.

루벤의 글러브에 빨려든 공은 루벤에게 적지 않은 통증을 선물하며 굉음을 만들어냈다.

'으윽. 이건 공을 잡은 게 아니라 투포환을 잡은 것 같군.'

그런데 글러브에서 공을 빼내서 던져 주려던 루벤은 갑자기 힘이 쭉 빠졌다. 바로 손바닥에서 오는 통증 때문이었다.

외야 수비에 숙달된 루벤이 가슴 높이로 공이 오자 무의식중에 잡는다고 잡은 게 손바닥 부분으로 공을 받은 모양이었다.

'이거 왜 이래? 설마 글러브로 공을 받았는데 부상당하거나 한 것은 아니겠지?'

아무래도 이상한 생각이 든 루벤은 글러브를 벗고 손바닥을 살펴보다 손바닥이 퉁퉁 부어 있는 것을 발견했다.

설마가 사람을 잡는다고 재작년까지만 해도 메이저리그 외야수 출신이었던 그가 공을 잡다가 심각한 부상을 당한 것이다.

[어이, 루벤 왜 그래?]

[도니, 더 이상 공을 받아줄 수 없겠는데요. 나 지금 심각해요.]

[루벤, 설마 공 한 번 받고 뼈가 부러지거나 한 것은 아니겠지?]

[도니, 바로 그런 것 같아요. 나 아무래도 병원에 좀 가봐야겠어요.]

[리얼리?]

메르치스 감독은 이 친구가 설마 장난하고 있겠지 하고 대수롭지 않게 생각하며 루벤에게 가봤더니 손이 퉁퉁 부은 것이 장난이 아니었다.

[허어, 50m 밖에서 던진 공 한 번 잡았다가 부상을 당한 거라면 도대체 누가 믿겠어? 루벤 빨리 병원에 가서 X레이를 찍어보게. 참, 공상으로 처리할 테니까 영수증을 가져와 프런트에 제출하도록 하게.]

[고맙습니다. 도니. 그런데 정말이지 저 친구가 던진 공을 받는데 마치 투포환을 받는 것 같았어요. 내가 야구를 30년 넘게 해왔지만 이런 경우는 처음입니다.]

이렇게 되면 시험 방법이 완전 달라질 수밖에 없었다.

그래서 메르치스 감독은 송기혁에게 본격적으로 정상적인 피칭을 하도록 했다. 마이너리그 포수 출신의 트레이너인 맥 딜런을 앉히고 던진 제1구.

메르치스 감독은 송기혁의 투구 폼이 엄청 부드러워서 그런지 무척이나 우아하다는 생각이 들었다.

9클래스 마법사인 '달'이 지구상에 있었던 모든 투수들의 와인드업 모션을 보고 최적의 피칭 폼을 만들어낸 것이니 그럴 수밖에 없을 것이다.

'딴에는 폼이 제대로인 것 같군.'

이런 메르치스 감독의 생각은 송기혁이 던진 공이 딜런의 글러브에 빨려 들어가는 순간 이내 경악으로 바뀌었다.

뻐엉.

50m에서 던진 것이 아니고 정상적인 투구 거리인 18.44m에서 던진 거라서 그런지 공은 아까보다 훨씬 더 큰 굉음을 만들어냈다.

[와아! 최고다. 보스, 100마일을 훌쩍 넘기겠는데요?]

[그래? 그럼 스피드 건을 가져와서 재봐야겠군.]

메르치스 감독은 사람을 시켜 스피드 건을 가져오게 했다.

[자! 송, 이제 던져 보게.]

이렇게 던진 공의 스피드는 무려 110마일이나 되었다. 메이저리그 역사상 100마일이 넘는 공을 던진 사람들이 꽤 있었다.

그중에서 최고는 비공식적으로는 밥 펠러가 그리피스 구장에서 던진 107.9마일(약 173.6km)이었고,

공식적으로는 쿠바 출신의 투수 채프먼이 샌디에고 파드리스의 홈구장 펫코 파크에서 세운 105.1마일 (169.2km)이었다.

그런데 110마일이라면 그보다 훨씬 빠르지 않는가?

'허! 괴물이로군.'

메르치스 감독은 흥분을 했는지 계속 던지게 했다.

그런 메르치스 감독의 기대에 부응이라도 하듯 송기혁은 꾸준히 110마일 이상을 던지더니 나중에는 119.9마일(대략193km)을 기록하기까지 했다.

더 놀라운 것은 십여 차례 던진 공이 대부분 스트라이크 존으로 들어왔다는 사실이었다.

보통 강속구들은 볼 컨트롤이 좋지 못한데 이 친구는 피칭 머신을 방불케 하는 정확성까지 갖추고 있었다. 그것도 전부 낮은 쪽 스트라이크였다.

강속구에 낮게 깔려 들어오기까지 한다면 거의 무적이었다.

이미 은퇴를 해서 메이저리그의 전설이 된 매덕스 같은 경우는 강속구 투수가 타자 바깥쪽으로 낮게 깔리는 스트라이크만 던질 수 있다면 메이저리그에서 충분히 살아남을 수 있다고 했다.

그런데 매덕스보다 신체 조건이 훨씬 좋고 구속마저 훨씬 빠르다면 이건 살아남는 게 문제가 아니라 20승 이상을 올릴 수 있느냐 그렇지 못하느냐의 문제가 될 것이다.

한마디로 괴물이라고 하지 않을 수 없었다.

[하하하하! 언빌리버블. 송. 최고야. 더 던질 수 있나?]

그런데 메르치스 감독의 이 즐거움은 더 이상 계속되지 못했다.

송기혁의 공을 받고 있던 딜런이 통증을 호소해 왔기 때문이었다.

살펴보니 손바닥이 퉁퉁 부어 있는 것이 루벤 코치와 같은 증상이었다.

메르치스 감독은 아쉽지만 강속구 보는 즐거움을 포기할 수밖에 없었다.

[헤이! 송, 던질 수 있는 공이 직구밖에 없나?]

[아니요. 변화구도 던질 수 있는데 몇 개 던져 볼까요?]

[오케이.]

[흐음, 이번 공은 좀 잡기 힘드실 건데…… 그러니

까 가슴 높이로 날아가다가 갑자기 뚝 떨어지는 너클
볼입니다.]

[뭐? 너클볼?]

메르치스 감독이 이렇게 놀란 이유는 너클볼은 **
현대 야구의 3대 마구 중 하나였고 컨트롤하기가 만
만치 않다고 알고 있는데 공의 궤적을 미리 말하고 있
었기 때문이다.

메르치스 감독이 경악성을 터트리자 송기혁은 자기
가 또 뭘 잘못했는가 싶어서 급히 되물었다.

[예. 감독님. 왜요?]

[아니야. 던져 보게.]

이렇게 시작한 송기혁의 래퍼토리는 너클볼과 함께
3대 마구에 속하는 스크루볼, 자이로볼은 물론이고
슬라이더, 파워커브, 컷 패스트볼 등 투수들이 던질
수 있는 모든 공을 던져서 메르치스를 기함시켰다.

그런데 놀라운 일이 아직 더 남아 있었다. 오른손으
로 공을 던질 만큼 던진 송기혁이 이번에는 왼손으로
공을 던지겠단다.

그리고는 오른손으로 던질 때와 비슷한 구속과 다양
한 래퍼토리를 선보임으로 메르치스 감독을 경악의 구

렁텅이로 밀어 넣었다.

[오우! 송, 자네 도대체 인간이 맞나?]

[저 인간 맞는데요?]

어수룩하게 대답하는 송기혁을 보고 메르치스 감독
은 할 말을 잊고 고개를 절레절레 젓고 말았다.

그런데 놀라운 일은 그것으로 다가 아니었다.

[저어, 감독님. 타격은 어떻게 할까요?]

[자네 정말 타격도 하려고?]

[예. 우리 보스께서 타격도 하라고 하셨는데요.]

[알았네. 한 번 해보도록 하게. 일단 피칭 머신을
사용해서 타격을 해보는 것이 좋겠네.]

메르치스 감독은 또 한 번 꼴까닥 넘어갔다.

무슨 볼을 세팅을 해도 거의 공 중앙을 정확하게 타
격을 했고, 그것도 대부분 홈런성의 장타였다.

심지어 시속 100마일 이상으로 세팅을 한 공도 여
지없이 쳐대는 것을 보고 제정신이라면 사람이 아닐
것이다. 더 이상 말이 필요 없었다.

*말짱 황

골패는 구멍의 숫자와 모양에 따라 패를 맞추는 전통적인 놀이 및 도박 도구로 짝이 맞지 않는 골패 짝을 황이라고 합니다.

말짱 황이라는 말은 짝을 잘못 잡아서 끗수를 겨룰 수 없다는 뜻입니다.

따라서 말짱 황이란 말은 계획한 일이 뜻대로 안 되고 수포로 돌아가거나, 낭패를 보았다는 뜻으로 쓰입니다.

**현대 야구의 3대 마구

일반적으로 호사가들이 현대 야구의 3대 마구로 드는 것은 너클볼(Knuckball), 스크루볼(Screwball), 자이로볼(Gyroball)이다.

우선 너클볼은 손가락 관절(Knuckle)로 공을 잡아서 던지는 구질이며, 그 때문에 너클볼이라는 이름이 붙었다.

이것은 투구한 볼의 회전을 최소화시키기 위해서다.

공에 회전이 없거나 약하면 공은 구장의 온도나 습도 바람 등의 영향을 받아 어디로 튈지 예측조차 하기 힘든 불규칙한 무브먼트를 가지게 되기 때문이라고 한다.

문제는 타자가 치기 힘든 것이 사실이지만 투수 역시 자기가 원하는 곳에 던질 수 없다는 약점도 함께한다는 사실이다.

게다가 완벽하게 익힌다 해도 공이 어디로 튈지 모르니 함부로 사용할 수 없고 구속도 느려서 주자가 도루하기 딱 좋은 공이 되고 만다.

그렇지만 너클볼은 팔에 무리가 적은 투구 방법이어서 오래 던져도 팔에 크게 무리가 가지 않아 연투도 가능하고 또 제대로.된 너클볼 투수라면 40대 중반 이후에도 투수 생활이 가능하다는 장점도 있다.

메이저리그에서 대표적인 너클볼 투수인 팀 웨이크필드는 우리 나라 나이로 46살까지 현역 선수로 활약을 했다.

두 번째 스크루볼은 투수가 던진 공이 홈 플레이트 근처에서 떨어지며 투수의 팔 방향, 즉 슬라이더의 역방향으로 꺾이는 구질을 말한다. 오른손 투수가 오른손 타자에게 던지면 타자의 몸 쪽으로 휘는 변화구가 된다.

커브나 슬라이더는 손끝으로 당기듯이 던지면 되지만 스크루볼은 이와는 반대 방향으로 꺾이게 해야 되기 때문에 역방향의 회전이 필요하다고 한다.

그 말은 선수 생활에 심각한 지장을 줄 정도로 팔에 무리가 가는 투구이기 때문에 현실적으로 보기 힘든 구질이라는 것이다.

세 번째 자이로볼은 직구와 비슷한 속도의 빠른 패스트볼이 타자의 앞에서 갑자기 떠오르거나 가라앉아 타자의 입장에서 사라지는 것처럼 보이는 구질이며 이를 위해서는 역회전성의 공을 던져야 하는데 물리학에서 이를 볼 때 최소한 총알 수준의 회전력을 필요로 한다.

이론적으로는 투구시 3루 쪽으로 공을 채면서 손은 1루 쪽으로 꺾여야 한다고 한다. 이렇게 하면 변화구의 무브먼트에 직구처럼 빠른 공을 던질 수 있다는 것이다. 그렇지만 거의 현실적이지 않는 구질이 아닐 수 없다.

한때 보스턴 레드삭스의 마쓰자카가 자이로볼을 구사한 적이 있다고 말하지만 구속이 빠른 스플리터성 변화구였을 가능성이 크다고 한다.

실제로 마쓰자카 본인도 "그것은 자이로볼이 아니다."고 단정적으로 말했다고 한다.

제8장
메이저리그의 역사를 갈아치우는 자(1)

[보스, 어떻게 저런 괴물을 발굴하셨습니까?]

처음에 적의에 찬 반응을 보이던 메르치스 감독은 송기혁의 실력을 보고 황홀한 표정으로 강권에게 물었다.

마치 이런 송기혁을 데려온 강권에게 간이라도 빼줄 기세였다.

그것을 본 강권은 웃으며 짐짓 점잔을 빼며 말했다.

[하하하! 발굴하다니요? 저 친구가 무슨 역사적 유물이라도 되는가요?]

[보스, 저 친구는 역사적 유물보다도 더한 보물이지

않습니까? 그나저나 어떻게 저런 친구가 세상에 알려지지 않았을까요?]

[하하하! 도니, 저 친구 원래의 직업이 뭔지 아십니까?]

강권의 의미심장한 투로 묻는 말에 메르치스 감독은 무슨 말을 하는지 모르겠다는 듯 고개를 갸웃거리며 물었다.

그 모양은 마치 저런 실력을 가진 선수가 야구 선수가 아니면 무엇을 했겠느냐? 그건 물어보나마나 한 질문이 아니냐는 의미를 담고 있는 것이었다.

[보스, 저 친구 원래의 직업이 무엇이었냐니요? 저 친구 야구하는 것 말고 또 다른 것을 했었습니까?]

[하하하! 도니, 저 친구는 3개월 전까지만 해도 대한민국 군인이었습니다. 그리고 한 달 전만 해도 가수들 따라다니던 로드 매니저였습니다. 참, 얼마 전에 휴스턴 미니트 메이드 파크에서 열렸던 KM 엔터테인먼트 소속 가수들의 월드 투어 콘서트가 개최되었잖습니까? 이 친군 거기에 참가했던 '뮤즈 걸스'라는 걸 그룹의 전담 로드 매니저였습니다.]

[예에? 보스 그 말씀이 사실입니까? 그럼 송은 도대체 언제 야구를 배웠다는 것입니까? 그리고 또 사우스 코리아에도 프로야구가 꽤나 성행한다던데 프로야구 스카우터들은 저런 괴물을 놔두고 도대체 뭐했답니까?]

메르치스 감독은 도저히 믿기지 않는다는 듯 쉬지 않고 연달아서 질문을 해대고 있었다.

누구에게 묻더라도 지금 메르치스와 같은 반응을 보일 것은 명백했다.

그렇지만 어디 강권이 상식이 통하는 인간인가? 비상식적인(?) 강권은 호탕하게 웃으며 오히려 되묻는 것으로 대답을 했다.

[하하하! 그래서 내가 우연한 기회에 스카우트한 것 아니겠습니까?]

[보스, 그런데 아까 계약서에 보니까 송에게 일주일에 두 번을 등판시켜야 하고, 지명타자까지 시켜야 한다는데 그러면 너무 혹사시키는 것이 아닐까요?]

[하하하! 도니, 그래서 좌완으로 하루 던지게 하고 그 다음 날에는 우완으로 던지게 하려는 것 아니겠습니까? 지명 타자야 수비 부담이 없으니 별 부담이 없

을 거구요.]

　[허어, 보스, 그게 아니고요 제 말인즉, 그렇게 등
판을 시키고 매일 타격을 하게 하면 과연 송의 체력이
버텨줄 수 있겠느냐는 것이지요.]

　[하하하! 그것은 걱정하지 마십시오. 도니도 아까
저 친구에게 괴물이라고 하지 않았습니까? 저 친구는
괴물이니까 그 정도는 끄떡도 없습니다. 그렇지 않다
면 전적으로 내가 책임을 지겠습니다.]

　[허어, 아무리 그렇더라도…….]

　메르치스 감독은 강권이 장담을 땅 꺼지게 했지만
그래도 여전히 미심쩍은 모양이었다.

　강권은 그런 메르치스 감독을 안심시켜 주기 위해서
송기혁이 군대에 있을 때만 해도 매일 10시간 이상
강훈련을 해왔기 때문에 그 정도는 끄떡없을 것이라고
말했다. 그리고 송기혁에게 물어 확인시켜 주기까지
했다.

　[송, 지금 한 말이 사실입니까? 송이 정말로 야구
선수를 한 게 아니고 직업 군인이었다는 겁니까?]

　[예. 감독님. 제가 감독님께 드린 말씀은 전부 다
사실입니다. 불과 3개월 전만 해도 저는 직업군인의

신분이었고 어떨 때에는 72시간 동안 한숨도 자지 않고 계속 훈련을 했었던 적도 있습니다.]

송기혁이 이렇게 말하자 조금 수긍하려는 기색을 보이면서도 여전히 완전 수긍은 하지 못하고 있었다.

송에 관계된 것들은 그의 상식으로는 죄다 이해하지 못할 것투성이였기 때문이다.

그도 그럴 것이 3개월 전만 해도 직업군인이었던 자가 100마일 이상의 강속구를 예사로 던지고 100마일에 육박하는 빠른 공을 우습게 때린다면 누가 믿을 것인가?

멍청하게 송기혁의 얼굴을 바라보고 있는 메르치스 감독에게 강권이 문득 생각났다는 듯 물었다.

[참, 도니. 저 친구 내일 당장 등판을 시킬 수 있겠습니까? 저 친구 연봉이 2,000만 달러니까 가능하면 많이 써먹어야 하는 것 아니겠습니까?]

[보스, 저 친구 선수 등록은 되어 있습니까?]

[하하하, 그런 것은 조금도 걱정하지 마십시오. 송기혁에 대한 KBO의 신분 조회 절차는 물론이고, 취업 비자까지 이미 받아 놓은 상태입니다. 이제 남은 것은 도니가 25인 로스터 명단에 기재하는 것만 남았

습니다.]

[송도 송이지만 보스도 이해 불가해한 인물입니다. LA다저스를 무려 33억 달러에 인수한 것도 놀라운데 야구 선수로서의 경력이 전혀 없는 송을 무려 1억 달러나 투자해서 5년간 LA다저스 선수로 묶어둔 것은 정말이지 경악 그 자체입니다. 사실 송과 같은 경우는 야구를 한 경력이 전혀 없고 따라서 전혀 검증이 되지 않았다고 할 수 있습니다. 그런 송에게 메이저리그 계약을 했다고 하면 이곳 전문가들은 다들 미쳤다고 할 것입니다. 물론 그만큼 매력적인 계약이기도 하지만요.]

[참! 도니, 선수들 좀 모아 주십시오. 송기혁이 내일부터 LA다저스 선수로 뛸 테니까 인사 정도는 해야 하지 않겠습니까? 그리고 언론 매체와 인터뷰를 하려고 하는데 도니도 참석해 주십시오.]

[보스, 송을 언론 매체와 인터뷰시키겠다고요?]

메르치스 감독은 아직 데뷔도 하지 않은 송기혁을 언론 매체와 인터뷰시키려는 강권의 의도를 도무지 이해할 수 없다는 표정이었다.

[도니, 나는 LA다저스에 33억 달러, 그리고 저

친구에게 1억 달러를 투자했습니다. 그만한 투자를 했다면 그만큼 대가를 얻어야 하겠지요. 비즈니스에서 대가가 무엇이겠습니까? 돈? 천만에요. 돈보다도 얼마만큼 알려지느냐 하는 것입니다. 세상에 알려진다면 돈은 자동적으로 따라오게 되어 있습니다. 우리는 내일 송기혁이란 친구에 대해서 70~80%의 진실만을 말할 것입니다. 그러면 세상에서는 허풍이라고 생각지 않겠습니까? 그런데 느닷없이 그 이상의 실력을 보여준다면 세상 사람들은 저 친구를 어떻게 보겠습니까? 자본주의 사회에서 그 의외의 결과는 곧 돈으로 나타나게 될 것입니다. 그렇지 않겠습니까?]

[보스, 보스가 무슨 말을 하는지 알겠습니다. 그렇게 하도록 하겠습니다.]

송기혁의 LA다저스 입단식을 겸한 인터뷰는 다저스의 홈구장인 다저스타디움에서 거행되었다.

이미 '환' 종합매니지먼트사에서 언론 플레이를 해

서 송기혁의 계약에 대한 이야기는 이미 언론 매체들에게 알려져 있는 상태여서 꽤나 많은 방송사와 신문사들이 취재차 와 있었다.

인터뷰는 LA다저스의 언론 담당관인 브랜다 정의 주도로 진행되었다.

브랜다 정은 NBC 예능국 부국장인데 강권이 개인 자산으로 LA다저스를 인수하면서 스카우트한 교포 재원이었다.

[LA타임스의 쟈니 브라운 기자입니다. LA다저스의 실소유주인 최강권 씨에게 여쭙겠습니다. 이번에 다저스에서 영입한 송기혁 선수는 야구 선수로 뛴 전력이 전혀 없는 선수인데도 회장님께서 직접 연봉 2,000만 달러씩 총 5년간 1억 달러에 계약을 하셨다는데 혹시 그게 모험이라는 생각은 하지 않으셨습니까?]

[브라운 기자님, 불 같은 강속구를 가진 선수는 무조건 잡고 보라는 메이저리그에서 진리처럼 통용되는 이야기가 있습니다. 브라운 기자님께서는 100마일이 넘는 강속구를 가진 투수를 5년간 LA다저스 선수로

묶어두는데 1억 달러를 썼다면 그게 모험이라고 생각하십니까? 참고적으로 송기혁 선수는 LA 다저스의 스피드건으로 110마일을 찍었습니다. 그리고 덧붙이자면 송기혁 선수는 스트라이크를 던질 수 있는 강속구 투수고 좌완은 물론이고 우완으로도 투구가 가능한 선수라는 사실입니다. 그래도 모험이라고 생각하십니까?]

[ENBC SPN의 야구 전담 기자 매덕스입니다. 저역시 최강권 회장님께 여쭙겠습니다. 회장님께서는 방금 송기혁 선수가 좌완으로도, 우완으로도 110마일을 찍었다고 말씀하셨는데 동양인으로 그게 가능한 것입니까? 또 만약에 110마일을 찍을 정도로 강한 투수라면 그런 선수가 어떻게 야구 선수로 전혀 활약을 하지 않았던 것입니까?]

[하하하, 매덕스 씨, ENBC SPN의 이사 중의 한명이신 매덕스 씨가 기자라고 말하니 좀 우습군요. 기자라고 말씀하셨으니 기자로 불러드리겠습니다. 매덕스 씨, 매덕스 씨도 한때 메이저리그의 최고의 투수들 중 한 명이셨죠? 그런 위대한 선수이셨던 매덕스 씨께선 동양인들은 110마일짜리 강속구를 던질 수 있는

사람이 없다고 생각하셨습니까? 실망인데요? 그까짓 110마일 정도의 공을 던질 사람이라면 동양에서는 백 명도 넘게 찾을 수 있습니다. 사실 가수 나부랭이에 '환' 그룹을 이끌고 있는 나만 해도 110마일 정도는 가볍게 넘길 수 있을 겁니다. 그리고 그런 나 역시 야구는 전혀 해보지 않았습니다. 이것으로 대답이 되셨습니까?]

강권의 대답에 장내는 웅성웅성 소란스러워졌다.

그도 그럴 것이 100마일을 넘게 던지는 투수만 해도 엄청 빠르다고 난리가 아닌데 100마일도 아니고 110마일이란다. 소란스러워진 장내를 브랜다 정이 나서서 진정을 시켰다.

[여러분 조용해 주십시오. 조용하지 않으시면 기자회견은 이것으로 끝마쳐 버리겠습니다. 그래도 좋으시다면 계속 떠들어 주십시오.]

브랜다 정의 협박이 통했는지 장내는 금방 진정이 되었다.

장내가 진정이 되자 브랜다 정은 의미심장한 발언을 했다.

[여러분, 회장님께선 인종차별적인 발언에 대해 엄

청 민감하게 생각하십니다. 회장님께서 얼마 전에 관
중들의 인종차별적인 발언에 노하셔서 휴스턴에서 벌
어진 세계 최강 파이터 대회에서 혼자 네 사람의 파이
터들과 시합을 하신 적이 있다는 것은 기자 여러분께
서도 잘 알고 계실 것입니다. 그렇듯 우리 회장님께서
는 인종차별이야말로 지구의 평화를 저해하는 요소 중
에서도 가장 큰 요소로 보고 계십니다. 회장님께서는
인종차별을 없애는 방법을 아프리카와 아시아의 못사
는 나라들을 발전시키는 것이라고 여기시고 해마다
10억 달러 이상을…… 정정하겠습니다. 재작년에는
아시아와 아프리카의 가난한 나라들의 어린이들의 건
강과 교육을 위하여 30억 달러 이상을, 올해는 100
억 달러 이상을 기부하실 예정이십니다. 회장님께서는
앞으로도 그런 기부는 늘어나면 늘어났지 줄어들지는
않을 것이라고 약속하셨습니다. 그룹 '환' 과 LA다저
스는 이런 회장님의 뜻을 받들어 앞으로 인종차별적인
발언을 하는 기자들이나 그것들을 기사로 다루는 방송
매체들에게 접근의 기회를 전면적으로 배제하도록 하
겠습니다.]

　브랜다 정은 한바탕 기자들의 기를 죽이고 난 다음

에 다음 질문을 할 기자를 가리켰다.

[아사히 신문사의 기자 나까무라입니다. 회장님께 질문하겠습니다. 회장님께서는 세계 경제계를 사실상 평정하셨습니다. 그리고 그 다음엔 세계 팝시장을 점령하셨다고 해도 크게 이상하지 않습니다. 그런 다음에는 세계 축구계에 지각변동을 일으키셨고, 격투기계까지에도 영향력을 넓히셨습니다. 그런데 급기야 야구계마저 점령하시려고 이번에 LA다저스를 사들여서 메이저리그에 입성하셨습니다. 다음 행보는 무엇입니까? 혹시 세계 정복을 하시려는 것 아니십니까?]

[나까무라 기자, 혹시 귀하는 지금이라도 내가 세계를 정복하려고 마음을 먹는다면 세계는 내 수중에 있을 것이란 생각은 해보시지 않으셨습니까? 귀하가 어떤 마음을 먹고 그런 질문을 하신지는 묻지 않겠습니다. 그렇지만 꼭 한 가지 알아두어야 할 것은 나는 나에게 해코지를 하지 않는 사람에게는 호의를 갖고 대하지만 내게, 내 이웃에게 조금이라도 해코지를 하려 한다면 기필코 백 배, 천 배로 앙갚음을 할 것이라는 사실입니다. 나는 우리 선조들이 그랬듯이 세계는

한가족이라고 생각하고 있고, 그렇게 만들어 가려고 마음먹고 있습니다. 그 노력의 일환으로 나는 '홍익인간'이란 재단법인을 만들어서 내가 벌어들이는 수입의 일정 부분을 기부 형식으로 출자하고 있습니다. 아까 브랜다 정이 언급했던 것은 아마 재단 '홍익인간'에서 벌이고 있는 일과 상당 부분 겹칠 것입니다. 내 가족으로 남을지 아니면 내 적이 되어 내 공격을 받을지 거기에 대한 선택은 오롯이 여러분들의 몫입니다. 현명하신 선택을 하시기 바랍니다. 이상입니다.]

강권의 발언이 다소 격하다고 느꼈는지 브랜다 정이 다시 나서서 정리했다.

브랜다는 태어나기는 한국에서 태어났지만 어린 시절부터 미국에서 자라고 언론 계통에서 잔뼈가 굵어서인지 닳고 닳은 기자들을 공깃돌 굴리듯 굴리고 있었다.

[기자 여러분, 나누어 드린 보도 자료에서도 언급이 되어 있지만 이 기자 회견은 회장님에 대한 기자 회견이 아니라 LA다저스에서 영입한 송기혁 군에 대한 궁금증을 풀어드리려는 기자 회견입니다. 앞으로 회장

님에 대한 질문은 더 이상 받지 않겠습니다. 만약 회장님에 대한 질문을 하신 기자에게는 앞으로 그룹 '환'과 LA다저스에 적대 인물로 리스트에 올라 일체 취재를 하지 못하도록 하겠습니다. 그래도 좋다면 질문을 하셔도 무방합니다.]

브랜다의 협박이 통했는지 이후 송기혁과 메르치스 감독에게 묻는 질문이 더러 오고 갔지만 송기혁이 그만한 능력이 있는 선수라는 것을 믿지 않는 분위기였다.

그도 그럴 것이 대한민국이란 조그만 프로야구 시장에 열 개나 되는 프로 팀들이 있는데 그런 선수라면 가만히 놓아두었겠느냐는 생각들인 모양이었다.

게다가 메르치스 감독의 입에서 송기혁이 불과 20여 일 전까지만 해도 KM 엔터테인먼트 소속 걸그룹 '뮤즈 걸스'의 전담 로드 매니저였다는 증권가 소문이 떠돌기도 했기 때문이었다.

그리고 그 사실은 바로 송기혁 본인의 입으로 확인이 되기도 했다.

정작 방송사와 기자들이 관심을 두는 것은 과연 송기혁이 110마일의 공을 던질 수 있느냐 하는 것이었고 얼른 기자 회견을 끝내고 송기혁이 직접 공을 던지는 걸 취재하고 싶었던 것이다.

이래서인지 기자 회견은 금방 끝나 버렸고 기자들과 스포츠 방송국의 열렬한 관심 속에 송기혁의 피칭 시범이 다저 스타디움에서 벌어졌다.

특히 스포츠 전문 방송국인 ENBC SPN에서는 자사의 이사이자 전직 메이저리그 투수 출신인 그래그 매덕스를 보내 송기혁의 피칭에 대해 취재하는 관심을 보이기도 했다.

'190cm에 108kg. 투수로는 나쁘지 않은 몸이란 말이야? 아니 동양인으로는 최상급의 체격이겠지.'

마운드에 서 있는 송기혁을 보는 그래그 매덕스의 혼잣말이었다.

사실 그래그 매덕스는 투수로서 체격이 좋은 조건의 선수는 아니었다.

메이저리그 투수로서 183cm에 88kg이라면 오히려 체격 조건이 그리 좋지 못한 선수에 속했다고 봐야 한다.

그래서 그런 악조건을 이겨내려고 컨트롤을 다듬고 투구 폼도 변형시키고 했었던 것이다.

송기혁이 와인드업을 해서 포수의 미트를 향해 공을 던지는 순간 매덕스는 도저히 믿지 못하겠다는 표정으로 바뀌었다. 그리고 자기도 모르게 고함을 내지르고 말았다.

[왓! 뷰우러플!]

매덕스는 송기혁의 투구 폼에 정신을 뺏긴 나머지 공 빠르기는 보지 못했다.

확실하게 단언할 수 있는 것은 자신이 보아왔던 수많은 투수들의 와인드업 모션 중에서 송기혁 선수보다 더 좋은 투구 폼을 갖고 있었던 선수는 아무도 없었다는 것이었다.

매덕스가 정신을 차리고 전광판을 바라보자 전광판에는 112.3마일이란 숫자가 찍혀 있었다.

'도저히 믿지 못하겠군. 분명 투심으로 던진 것 같았는데 110마일이 넘을 수 있단 말인가?'

매덕스는 혹시나 잘못 보았나 하는 생각이 들어 찍은 화면 중에서 송기혁의 그립부분을 살펴보니까 투심으로 던진 게 분명했다.

투심은 야구공의 솔기(Seam)와 손가락이 닿는 부분이 검지와 중지 두 개라고 해서 투심(Two—

seam)이다. 이 투심의 특징은 나름 빠르면서도 슈트처럼 역회전을 일으킨다는 데 있다. 물론 슈트보다도 스핀의 각이 작긴 하지만 던질 때마다 각이 달라져 치기 어렵게 만든다.

즉, 투심 패스트볼이 추구하는 점은 빠르기보다는 그 스핀에 있다는 것이다.

포심 패스트볼(Four—seam fastball)은 이와는 좀 다르다.

포심은 변화를 적게 하는 대신에 빠르기를 선택한다.

포심의 회전수가 많아지면 타자나 포수 입장에서는 볼이 떠오르지 않는데도 마치 떠오르는 것처럼 보인다.

이른바 라이징 패스트볼이 그것이다.

따라서 일반적으로 포심으로 던지는 공이 투심으로 던지는 공보다 빠르다고 할 수 있는 것이다.

'저 친구가 포심으로 던지면 2~3마일 정도 빨라지겠지? 그렇다면 도대체 얼마나 빨리 던질 수 있다는 것이지? 114마일? 아니면 115마일?'

매덕스가 혼자 이렇게 놀고 있을 때 예정돼 있던 다

섯 차례의 직구 시범이 모두 끝났다.

다섯 개의 직구는 전부 100마일이 넘었는데 맨 첫 번째 것이 112.3(약 180.8km)마일로 가장 빨랐고 그 다음부터 조금씩 느려져서 마지막 다섯 번째 공의 빠르기는 105마일(약 169km)이었다.

점점 더 구속이 줄어드는 걸로 봐서는 1회부터 9회까지 계속해서 100마일이 넘는 강속구를 뿌릴 수 없을 것이라는 예상이 드는 대목이었다.

물론 이것은 매덕스의 추론일 뿐이었다.

그 다음엔 역시 다섯 개의 변화구 시범이었다.

송기혁이 맨 처음 던진 커브는 홈플레이트 근방에서 직선으로 뚝 떨어지는 이른바 파워 커브(Power curve)였다.

'나쁘지 않군. 그런데 90마일(대략 145km) 정도의 빠르기이니 속구하고는 좀 차이가 많이 난다고 해야 하려나? 그렇지만 커브가 저 정도의 속도라니 괴물이라고 할 수 있겠군.'

파워 커브가 어지간한 선수의 직구처럼 빠르다면 그 자체만 가지고도 엄청난 장점이 될 수 있다. 하지만 매덕스의 눈에는 그것이 무엇인지 확실하지 않지만 뭔가 조금 부족한 듯 느껴지고 있었다.

송기혁이 두 번째로 던진 변화구는 놀랍게도 현대 야구의 3대 마구(魔球) 중 하나라는 너클볼(Knuckle ball)이었다.

너클볼에서 너클(Knuckle)은 원래 손가락의 관절을 뜻하지만 오늘날 너클볼 투수들이 선호하는 방법은 너클보다는 손가락 끝으로 공을 찍듯이 잡는 것이다. 이렇게 던지면 공은 거의 회전이 없이 홈플레이트로 날아가면서 가벼운 바람에도 변화가 심하게 된다.

이처럼 너클볼은 공에 회전이 없기 때문에 공 주변의 공기 흐름은 솔기에 걸려 혼란스러운 난기류가 되고, 이로 인해 예측할 수 없는 움직임을 갖는 구질이다.

이것은 타자가 공을 치기 어렵게도 만들지만 투수 또한 공을 원하는 곳으로 던지기 어렵게 만든다.

이러한 어려움은 투구를 안전하게 잡아내야 하는 포수와 공이 스트라이크인지 볼인지 판별해야 하는 심판에게까지 적용된다.

이렇듯 너클볼은 제대로만 던지면 큰 효과를 볼 수

있지만 제대로 던질 때까지는 엄청 연습해야 한다는 제약이 있기는 하다.

한 가지 분명한 것은 통할 수 있는 너클볼 투수라면 많은 이닝도 소화할 수 있고 40대 후반까지 선수로도 뛸 수 있다는 것이다.

세 번째로 던진 공은 3대 마구 중의 하나라는 스크루볼처럼 보였다.

스크루볼은 강력한 회전력을 필요로 하기 때문에 보통 손을 비틀어 공을 던지는데 송기혁이 던진 스크루볼은 전혀 그렇지 않았다. 그런데도 슬라이더와 반대 방향으로 휘는 것을 보면 분명 스크루볼이 맞는 것도 같았다.

네 번째로 던진 공은 슬라이더였다.

슬라이더에는 종으로 떨어지는 슬라이더와 횡으로 휘어지는 슬라이더가 있는데 송기혁의 슬라이더는 전자에 속했다.

또한 종으로 떨어지면서 낙폭이 크다는 점에서는 포크볼과 비슷했고, 95마일(대략 153km) 정도로 빠르다는 점에서는 속구와 비슷했다.

95마일의 빠르기라면 제구력 위주의 투구를 했던

매덕스 자신도 한 경기에서 두세 개나 던질까 말까 하는 빠르기였다.

아마도 저런 정도의 슬라이더라면 작정하고 덤비지 않는다면 대단히 치기 어려운 구질이 될 것 같았다.

다섯 번째로 던진 변화구는 마치 팜볼처럼 보이는 서클 체인지업이었다.

직구와 똑같은 폼으로 던지지만 공은 느리고 홈플레이트에서 뚝 떨어진다. 전형적으로 타자들의 헛스윙을 유도할 수 있는 볼이 될 것이다.

매덕스는 송기혁을 일단 특급 선수로 분류를 해두었지만 어딘지 모르게 위화감 내지는 전력을 다하지 않은 것 같다는 느낌이 강하게 들었다.

물론 시범 경기에서 전력을 다할 것을 바라는 자체가 어리석을지 모르지만 그것보다는 속구를 던질 때와 변화구를 던질 때의 투구 폼이 확연히 달라졌기 때문일 수 있었다.

'내 생각이 맞는다면 저 친구는 하반기에만 10승 이상이 충분하겠군.'

메이저리그 전설인 매덕스는 송기혁을 전 시즌을 다

뛴다면 20승 이상 올릴 수 있는 특급 투수로 봤지만 40승을 넘기는 전무후무한 울트라 초특급 투수가 되리라고는 상상도 하지 못했다.

대충 송기혁의 신상을 파악한 매덕스는 강권에게 도발을 감행했다.

물론 그 도발이란 것이 싸우겠다는 게 아니고 강권이 자기 입으로 110마일 이상을 던질 수 있다고 했으니 자기 말에 책임을 지라는 것이었다.

[회장님, 저는 개인적으로 회장님을 존경합니다. 회장님께선 돈을 잘 버시고, 잘 쓰실 수 있기 때문입니다. 자본주의 사회에서 돈은 모든 것을 말해줍니다. 중요한 것은 돈이 많다고 해서 존경을 받는다는 것은 아니라는 것입니다. 따라서 돈을 얼마나 잘 쓸 수 있느냐는 그 사람의 가치를 볼 수 있는 척도가 된다고 할 수 있겠지요. 하하하, 제가 왜 이렇게까지 회장님께 아부를 해야 되는 거죠?]

매덕스는 이미 상당히 이름이 있는 VIP에 속하는 사람이었기 때문에 기자들도 매덕스를 호의적으로 보고 있었다.

그래서 그런지 매덕스의 농담에 웃어주는 사람들이

많아서 매덕스의 말이 잠시 끊겼다.

그리고 이어진 말은 빤한 것이었다.

[그것은 제가 회장님의 탁월한 투구 능력을 보고 싶기 때문입니다. 사실 저는 투수로서 강속구를 던질 수 있다는 것은 축복일 수, 아니, 엄청 큰 축복이라고 생각하고 있는 사람입니다. 저는 1984년에 시카고컵스에 입단해서 1986년 처음 메이저리거가 되어 2008년 샌디에고 파드리스에서 은퇴할 때까지 메이저리그에서 20년 이상을 보냈습니다만 저는 90마일 이상을 던져 본 경우가 매우 드뭅니다. 왜냐하면 그만큼 빨리 던질 수 없었기 때문입니다. 저는 그만큼 빠른 볼을 던질 수 있기를 바랐고 한때는 빠르게 던지려고 엄청 노력을 해보았습니다. 그 노력의 시기가 바로 1986년과 1987년 2년 동안입니다. 저는 그 2년간 36게임에 나와서 8승 18패의 성적을 거두었고 방어율은 5점대 후반이었습니다. 한마디로 말해서 메이저리그에서 살아남으려면 강속구를 포기해야지만 살아남을 수 있다는 것을 깨닫게 되었습니다. 회장님께서는 어떤 의미에서 110마일을 던질 수 있다는 말씀을 하셨는지 모르겠지만 듣는 저로서는 제 평생의

소원을 매우 하찮은 것으로 만들어 버리셨습니다. 만약에 그 말씀을 지키실 수 있다면 저는 평생 동안 회장님의 추종자가 되겠지만 반대로 지키지 못하신다면 저는 평생 동안 회장님을 자기 말도 지키지 못하는 별 볼일 없는 자라고 욕하고 다니겠습니다. 어떻게 하시렵니까?]

그래그 매덕스의 도발에 다저스타디움에 모인 기자들은 흥미진진한 시선으로 강권이 어떻게 나올까 지켜보고 있었다.

강권은 매덕스의 도발에 빙그레 웃으면서 대답했다.

[Dr. 매덕스. 확실히 귀하가 왜 메이저리그에서 20년 연속 15승 이상을 올리는 대투수가 되었는가를 알 수 있겠군요. 내가 만약 110마일 이상 던지지 못하면 전 세계 언론의 주적이 될 것 같은 불길한 예감이 들어 무슨 일이 있어도 110마일 이상을 던져야겠습니다. 그럼 지켜봐 주십시오.]

강권은 이렇게 말하고는 슈트를 벗고 와이셔츠 차림으로 마운드로 올라가는 것이 아닌가. 그리고 마운드 위에 서서 공을 든 손을 위 아래로 겨누는 것이 마치 표창을 던지려는 것과 같은 자세를 취하고 있었다.

공은 던지지 않고 한참 그런 폼으로 있자 사람들 눈에는 비웃는 기운이 역력했다. 그런데 어느 순간 강권이 허리를 뒤로 제쳤다 앞으로 수그리면서 공을 던지는 게 아닌가.

'푸훗, 와인드업 상태에서 던져도 100마일을 넘기기가 엄청 힘이 드는데 저렇게 던져서 도대체 몇 마일이나 나오려나?'

다저스타디움에 모인 사람들은 대부분 실소를 지으며 자리를 뜨려 했다.

그런데 전광판에 찍힌 숫자는 믿기지 않게도 119.9마일이었다.

대략 193km가 넘는 빠르기였다. 실로 어마어마한 빠르기라고 하지 않을 수 없는 속도였다.

[언빌리버블, 도대체 지금 무슨 일이 벌어지고 있는 거야?]

[어! 저게 어떻게 된 거야? 조작 아닌가?]

[그러게. 어떻게 저런 폼으로 던지는데 그런 속도가 나온다는 거지?]

이렇듯 믿기지 않는다는 반응이 대부분이었는데 개중에는 화면을 믿는 사람들도 더러 있었다. 매덕스도 그중의 한 사람이었다.

[회, 회장님 다시 한 번 부탁드려도 되겠습니까?]

[하하하! Dr, 매덕스 만약 힘이 빠져서 110마일을 넘기지 못할 수도 있는데 내가 꼭 다시 던져야 합니까?]

매덕스는 강권이 그렇게 말한 진의가 뭔지 몰라 어리둥절해하다 농담이 섞여 있는 것을 알고는 농담으로 응수를 하는 것이었다.

[하하하! 회장님, 대한민국 속담에 삼세판이란 말이 엄청 등장하고 한국인들은 이 삼세판을 당연하게 여긴다고 했으니 한국인이신 회장님께선 당연히 삼세판을 하시지 않겠습니까?]

[하하하! 내가 매덕스 씨께, Dr.라는 칭호를 드린 게 헛것이 아니군요. 혹시 오늘 LA다저스로 조사를 나오기 위해서 대한민국에 대해서 공부하신 것은 아니십니까?]

[하하! 그건 아닙니다. 제가 대한민국을 공부하게 된 계기는 휴스턴 미니트 메이드 파크에서 있었던

Dr. Seer님의 공연을 보고 나서였습니다. 그때 Dr. Seer님을 뵙고 막연하게 저분이야말로 향후 세계의 미래를 책임질 사람이란 걸 알 수 있었지요. 그래서 한국을 공부하게 되었고 오늘 이 자리에도 오게 된 것입니다.]

[알겠습니다. 그럼 두 번 더 던져야 하겠군요.]

강권은 말을 마치고 두 차례 공을 더 던졌다.

첫 번째 공은 무려 126마일(대략 203km)이었고, 두 번째 공은 131마일(대략 211km)이었다. 와인드 업도 아니고 이상한 자세에서 평균 120마일이 넘는 공을 던지자 사람들은 강권의 괴물 같은 능력에 혀를 내둘렀다.

그리고 그날 인터넷 역시 Dr. Seer를 찬양하는 댓글로 넘쳐 났다.

제9장
메이저리그의 역사를 갈아치우는 자(2)

LA다저스의 문제점은 필요할 때 진가를 발휘하는 것이 스타 플레이어라는 말이 있듯 고비 때 해결사 역할을 해주는 확실한 스타 플레이어가 없다는 점이었다. 지금 LA다저스가 딱 그랬다.

반면 스타 플레이어가 없음으로 인한 장점도 있었다. 모든 선수들이 유기적으로 똘똘 뭉칠 수 있다는 점이었다.

그런 점에서 보면 인화(人和)를 강조하는 메르치스 감독에게 LA다저스는 꼭 맞는 팀이라고 볼 수 있을 것이다.

인화를 강조하는 메르치스는 아이러니하게도 스타 군단인 뉴욕 양키즈에서 선수 생활을 시작해서 뉴욕 양키즈에서 선수 생활을 끝낸 화려한 스타 플레이어였다.

만 13년 동안의 선수 시절 동안에 9차례 골드 글로브를 거머쥐고 실버 슬러거를 3차례나 수상하였으며 한 시즌 최다 그랜드슬램 기록의 보유자이기도 할 정도로 스타 군단인 양키즈에서도 내로라하는 스타 플레이어였다.

그렇지만 메르치스는 확실히 월드 시리즈와는 인연이 없었다.

오죽했으면 뉴욕 양키즈가 월드 시리즈에 진출한 다음 해인 82년에 뉴욕 양키즈에 입단을 했고, 그가 부상을 이유로 은퇴한 다음 해인 96년에 뉴욕 양키즈는 월드 시리즈에 진출했을까.

그런 스타 플레이어인 메르치스에게 인생의 전기가 된 것은 2003년에 뉴욕 양키즈의 타격 코치가 되면서 조 토리 감독을 만난 것이었다.

그때부터 메르치스는 조 토리를 따라다니면서 인화의 중요성을 배우게 되었고 인화가 팀에 미치는 영향을 체득할 수 있었다.

그런데 그런 메르치스에게 지금 커다란 도전의 기회가 다가와 있었다.

투수에서의 강력한 원투 펀치와 확실한 클러치 히터를 영입한 것이 그것이었다.

지금까지 자신이 추구하는 인화 단결을 추구하는 팀을 해칠 수 있는 강력한 스타 플레이어의 영입이나 다름이 없었기 때문이다.

메르치스는 오늘 시합에 앞서 팀에게 중대한 고비라는 점을 들어 루키이자 스타 플레이어인 송기혁을 선발에 올리는 초강수를 두었다.

샌프란시스코의 브루스 감독에게는 이미 양해를 구해 놓은 상태였다.

문제는 크리스의 양보를 얻는 것이다. 메르치스 감독은 강공을 택하고 선발투수로 내정되어 있는 크리스에게 통고를 했다.

[크리스, 오늘 하루 더 쉬도록 하게.]

메르치스 감독은 이 말을 하면서 낯이 뜨거워짐을 느꼈다.

자신도 선수 생활을 거쳤기 때문에 선발 로테이션을

지키는 것이 선발투수에게 얼마나 중요한 것인지 잘
알고 있었기 때문이다.

그렇지만 아직 부상에서 채 회복하지 못한 크리스가
상대할 선수는 작년에 샌프란시스코 역사상 처음으로
퍼펙트 게임을 달성한 뒤로 한층 투구에 물이 올라 있
는 매트 케인이었다.

내셔널리그 선두인 샌프란시스코와 승차는 4게임
차. 여기서 더 벌어진다면 올해 포스트시즌 게임은 사
실상 물 건너갔다고 볼 수 있었다.

그렇게 시작한 경기여서 메르치스 감독은 조금은 찝
찝해 있는 상태였다.

1회초 LA다저스의 공격은 삼자범퇴였다.

퍼펙트 투수인 매트 케인의 진가가 여지없이 드러난
투구였다.

그리고 이어진 샌프란시스코의 1회말 공격.

송기혁이 마운드에 올라 제1구부터 110.5마일(대
략 177.9km)의 강속구를 뿌리며 단 9개의 공으로
삼자범퇴를 시켰다.

그런데 심각한 문제가 발생했다.

수비를 마치고 더그아웃으로 온 포수 A, J의 손이

퉁퉁 부어 있는 것이 아닌가.

계속해서 110마일이 넘는 공을 받다 보니 손에 무리가 간 것 같았다.

'휘유, 송이 강속구 투수라는 게 이럴 때는 반갑지만은 않구나. 이 노릇을 어쩐다? A. J가 저러는데 매트라고 다르지 않을 것 아냐?'

메르치스 감독은 2회초 선두타자로 나간 송기혁이 매트 케인의 초구를 강타해 솔로 홈런을 터트려 선취점을 올린 것도 모를 정도로 고민에 빠져 있었다.

2회초 공격이 끝나고 마운드로 올라가려는 송기혁에게 메르치스는 강속구를 자제해 줄 것을 부탁했다.

[예에? 강속구를 던지지 말라고요?]

[허허, 송, 자네의 공을 받아주는 포수가 자네의 강속구를 견디지 못하고 손이 망가졌네. 그러니 어쩌나?]

야구 선수의 경험이 전혀 없는 송기혁은 메르치스 감독의 요구에 우물쭈물 한참을 망설이더니 물었다.

[휴우, 그럼 어떻게 던져야 할까요?]

[되도록 구속을 줄여서 던지거나 아니면 변화구 위주로 투구를 해야겠지.]

[변화구요?]

[슬라이더나 커브 같은 것 말일세.]

[예. 알겠습니다.]

마운드에 올라간 송기혁은 철저하게 슬라이더와 커브만 던졌다.

다행스런 것은 송기혁의 불같은 강속구에 얼이 빠져 있는 샌프란시스코 선수들은 몸이 얼어붙어서 그런지 슬라이더와 커브에 헛스윙을 연발하며 삼자범퇴를 당했다는 것이다.

다시 3회까지 팽팽한 투수전이 전개되었는데 4회초 공격 때 2번 마크 엘리스가 행운의 몸에 맞는 공으로 나가고 3번 맷 캠프가 포볼을 골라 나가면서 무사 1, 2루 상황에서 송기혁이 타석에 들어섰다. 당연히 샌프란시스코에서 투수 코치가 올라와서 매트 케인의 상태를 확인했다.

매트 케인과 포수 버스터는 괜찮다고 했다. 실제로도 매트 케인의 공은 나쁘지 않았다.

아니, 오늘 매트 케인의 컨디션은 최상인 것 같았다.

그런데 운이 나빴는지 마크 엘리스에게 몸으로 바짝

붙인 공이 유니폼을 살짝 스쳐 히트 바이 더 피치 볼 판정을 받았고 또 번트를 대주지 않으려다 포볼을 주었을 뿐이었다.

그런데 다음 타자는 2회에 홈런을 때린 송기혁이었다.

매트 케인과 포수 버스터는 송기혁의 몸 쪽으로 바짝 붙이는 위협구를 던져 뒤로 물러나게 한 다음에 아웃 코스 낮은 볼을 던져 땅볼을 유도한다는 전략을 세웠다.

상대가 끌어 치는 홈런 타자라면 아웃 코스 낮은 볼을 잡아당길 것이 분명하고 그러면 평범한 땅볼을 유도할 수 있을 것 같았다.

제1구는 계획대로 송기혁의 몸 쪽으로 바짝 붙는 강속구를 던졌다.

그런데 송기혁은 피하지도 않고 공을 지켜만 봤다. 슬며시 약이 오른 매트 케인은 제2구 역시 빈볼에 가까울 정도로 몸에 바짝 붙였다.

송기혁은 여전히 피하지 않았고 물러나려는 기미도 전혀 보이지 않았다.

'뭐 저런 자식이 다 있어?'

완전 약이 오른 매트 케인은 이번에는 정말 송기혁을 맞히겠다는 생각으로 작정하고 빈볼을 던졌다.

이번엔 송기혁도 위협을 느꼈는지 몸을 살짝 움직여 공을 피했다.

그런데 일이 터졌다.

피해 당사자인 송기혁은 가만히 있는데 2루에 있던 마크 엘리스가 마운드로 튀어 올라가고 벤치에서도 코치들과 선수들이 그라운드로 뛰어나왔다. 이른바 벤치 클리어링이 벌어진 것이다.

한바탕 소동이 벌어졌지만 정작 당사자인 송기혁은 영문을 모르겠다는 표정으로 멍하니 바라만 보고 있었다. 결국 주심이 매트 케인에게 강력하게 주의를 주는 것으로 일단락이 되었다.

그리고 이어진 제4구.

매트 케인은 땅볼을 유도하기 위해 아웃 코스 낮은 직구를 던졌다.

깡!

매트 케인은 됐다 하는 표정을 지었지만 현실은 그게 아니었다.

송기혁이 친 타구는 하늘로 까마득히 날아올라 샌프

란시스코 만의 바다로 날아가고 있었던 것이다.

결과는 쓰리런 홈런.

완벽하게 아웃 코스 낮은 볼을 던졌다고 생각했던 매트 케인은 멘탈의 붕괴를 경험하며 제자리에 털썩 주저앉았다.

스코어는 졸지에 4:0.

그 다음부터는 멘붕 상태인 매트 케인은 정신없이 두들겨 맞았다.

4회에만 타자 일순하며 포볼 두 개를 곁들이며 홈런 두 개를 포함한 장단 7안타로 9점을 추가하는 일방적인 게임이었다.

스코어는 13:0으로 송기혁은 4회까지 무려 3개의 홈런에 8타점을 올리는 괴력을 선보였다.

이 경기에서 송기혁은 홈런 여섯 개에 13타점을 올려 한 경기 최다 홈런과 최다 타점을 모두 갈아치우는 진기록을 세우기까지 했다.

아쉬운 것은 7회에 빗맞은 안타를 맞음으로서 퍼펙트 게임과 노히트 게임을 모두 놓쳤다는 것이다.

그렇지만 22개의 탈삼진이란 메이저리그의 새로운 기록을 세우며 완봉승으로 메이저리그에 화려하게 데

뷔를 했다.

경기가 끝나자 중계방송을 했던 ENBC SPN에서
는 이사 매덕스가 직접 나서서 송기혁과 인터뷰를 추
진하는 초강수를 두었다.

[송기혁 선수, 메이저리그 데뷔 경기를 엄청난 대기
록들을 세우며 마쳤습니다. 축하드립니다. 혹시 지금
몇 개의 기록을 세운 것인지 알고 계십니까?]

[고맙습니다. 매덕스 선배님. 메이저리그의 전설이
되신 대선배님의 축하를 받으니 엄청 기분이 좋습니
다. 그리고 몇 개의 기록을 세운 것이냐고 물으셨는데
그 대답은 '아니요.' 입니다.]

[하하! 그렇군요. 송기혁 선수는 오늘 1회에 다섯
번째로 던지신 공이 무려 113.2마일(182.2km)로
종전의 105.1마일(169.2km)을 무려 8.1마일이나
경신을 한 것이 첫 번째 신기록입니다. 다음 신기록은
한 경기 최다 홈런으로 종전 4개를 무려 2개나 경신
한 것입니다. 다음은 한 경기 최다 타점으로 종전 12
점인데 송기혁 선수는 오늘 13타점을 기록했습니다.
앞으로 이 기록들은 깨지기 힘들 것 같은데 본인은 어
떻게 생각하십니까?]

[글쎄요. 원래 기록이란 게 깨지기 위해서 존재하는 것 아닙니까? 저는 그 기록들에 큰 의미를 부여하지 않습니다. 다만 제가 LA다저스 소속 선수로서 LA다저스의 승리에 조금이나마 보탬이 되었다는 것에 만족할 따름입니다.]

송기혁이 쑥스럽게 웃으며 대답을 하자 매덕스는 웃으며 말했다.

[역시 송기혁 선수는 전형적인 동양권 선수답게 팀을 앞세우는군요. 그리고 궁금한 게 한 가지 있는데 1회에는 불같은 강속구를 던져 샌프란시스코 타자들을 삼진으로 돌려세웠는데 2회부터는 강속구를 전혀 던지지 않았습니다. 그 이유가 무엇입니까? 혹시 몸에 이상이라도 있었던 것은 아니십니까?]

[저, 그게…… 제 공을 받아주시는 A, J 선배님께서 제 공을 받으시다가 손에 부상을 당했습니다. 그래서 감독님의 지시로 변화구 위주로 투구를 하게 된 것입니다. 제 몸에는 전혀 이상이 없고요. A, J 선배님 죄송합니다.]

[그럼 앞으로 송기혁 선수의 불같은 강속구는 보지 못하게 되는 건가요?]

[그 문제는 일단 감독님과 상의를 해서 결정할 문제인 것 같습니다. A, J 선배님 다시 한 번 죄송하다는 말씀을 드리겠습니다.]

[하하하! 마운드에서 사자처럼 날뛰던 송기혁 선수가 루키 본연의 모습을 보이는 게 참 신선해 보입니다. 그런데 한 가지 궁금한 게 있습니다. 4회에 몇 차례의 빈볼의 위협을 받으셨는데 송기혁 선수는 전혀 흥분하지 않으셨거든요. 심지어 벤치 클리어링을 하는데도 멍하게 바라만 보셨습니다. 원래 벤치 클리어링을 할 때는 모든 선수들이 합세해 주어야 하는데 송기혁 선수는 그렇지 않았거든요. 왜 그러셨습니까?]

[우선 상대 선수의 공이 전혀 위협적이지 않게 느껴져서 흥분할 필요가 없었습니다. 다만 세 번째 공은 매트 케인 선수가 일부러 저를 맞히려고 했던 것 같았지만 내가 피할 수 있으니 그걸로 됐다고 생각했습니다. 그리고 벤치 클리어링을 할 때 함께 합세해야 된다는 것은 저는 전혀 몰랐었습니다. 그렇지만 저는 LA다저스 선수임을 알아주셨으면 합니다.]

[하하하! 정말 완전 루키라 할 수밖에 없군요. 송기

혁 선수, 다시 한 번 데뷔전의 승리를 축하드리면서
이만 인터뷰를 마치도록 하겠습니다. 지금까지
ENBC SPN의 매덕스였습니다.]

  인터뷰까지 지켜본 시청자들은 인터넷으로 자리를
옮겨 폭풍의 댓글을 달기 시작했다.

  Xmrquf2378…… ; 와! 쩐다. 송기혁 선수는 인
간이 아닌 것이 분명해. 아니면 약에 쩔었거나…… 메
이저리그 선수가 벤치 클리어링을 몰랐다니 그게 어디
말이나 되는 거냐고? 그런 것을 보면 난 송기혁 선수
의 도핑 테스트를 반드시 해야 된다고 생각해. 아니면
양심 검사를 한다던가?

  Thdrlgur0011…… ; Dr. Seer도 그렇고 송기
혁 선수도 그렇고 도저히 인간 같지가 않아. 그리고
두 사람 다 대한민국 사람이라는 것이 좀 이상하지 않
아? 내 생각에는 분명 무슨 특별한 일이 벌어진 것만
같아.

Dnfldlf4541······ ; 우리 일본은 어쩌라고 대한민국에만 저런 초인들이 나오는 거지? 정말이지 거지 같은 세상이야.

Dr. Seer사랑······ ; Dr. Seer님이 LA다저스를 인수하셨다는 말을 듣고 난 양키즈 팬에서 LA다저스 팬으로 바꿨어. 그런데 팬이 된 첫 경기에서부터 황홀한 경험을 하게 되었어. 난 앞으로 영원히 LA다저스 팬이 될 것 같아. 송기혁 선수 파이팅.

Eogksals3357······ ; 대한민국 국민인 것이 이렇게 자랑스러울 수가 없어. 예전에 박찬호 선수가 메이저리그2에서 나름 잘나갔다고 하는데 사실 박찬호 선수는 좀 불안한 면이 있었거든. 그런데 송기혁 선수는 전혀 그렇지 않았어. 게다가 홈런을 무려 여섯 개 씩이나 때려내는 괴력을 선보이다니······ 나는 너무 흥분이 되어서 오늘 하루를 어떻게 보내야 될지 모르겠어. 송기혁 선수 파이팅. 대한민국 만세.

송기혁 선수의 쾌거는 월드 투어를 마치고 휴식을

취하고 있는 KM 엔터테인먼트 소속 가수들에게 엄청 흥분되는 사건이었다.

특히 '뮤즈 걸스' 소녀들에게는 더 그랬다.

"수형아, 너 최 이사님과 친하잖아. 최 이사님에게 기혁이 오빠 연락처를 여쭤봐. 기범이 오빠에게 물어봤더니 최 이사님만 알고 있다고 하더라고."

"그게 맨입으로 돼?"

"뭐어? 야! 이 식신아, 기혁이 오빠를 나만 알고 있나?"

"그건 그렇지만 그렇게 따지면 너도 최 이사님을 알고 있잖아? 니가 물어보지 왜 나를 시켜?"

"언니, 그러시면 안 되죠. 기혁이 오빠가 비록 우리 매니저 일을 50여 일밖에 하지 않았다고는 하지만 어디까지나 우리 '뮤즈 걸스'와 인연이 있으셨던 분인데 그런 분의 연락처를 알아내는데 어떻게 먹을 것을 개입시켜요?"

바른 생활 소녀인 막내 주연이의 훈계조의 말에 수형은 꼬리를 말아야 했다.

"알았어. 알아보면 될 것 아냐?"

그런데 '뮤즈 걸스' 소녀들의 이런 바람은 강권이

전화를 받지 않음으로서 무위로 돌아갔다.

'뮤즈 걸스' 소녀들은 몇 번 전화를 걸다 안 되니까 강권의 약점인 예리나에게 찾아갔다.

"야! 리나야, 너 최 이사님에게 연락 좀 해봐라."

"어! 언니, 무슨 일인데?"

"이사님에게 기혁이 오빠 연락처를 알아보려고."

"아! 그렇구나. 그런데 어쩌지? 아까 통화를 했는데 오빠는 지금 손 다친 포수를 치료한다고 전화를 받지 못한다고 하셨거든."

"너도 기혁이 오빠 알잖아? 그런데 기혁이 오빠 연락처를 물어보지 않았어?"

"언니도 참. 단 한 번 보았는데 내가 왜 기혁 씨 연락처를 물어봐야 돼? 나는 됐거든."

오로지 강권이만 남자로 보는 쿨한 예리나의 반응에 '뮤즈 걸스' 소녀들은 좌절해야 했다.

❖　❖　❖

강권은 예리나에게 말한 것처럼 포수 A, J의 손의 부상을 치료해 주고 있었다.

A, J의 부상은 생각한 것처럼 심각한 것은 아니었지만 치료를 하고 있는 강권의 표정은 무척이나 심각해 보였다.

그 모습을 보고 메르치스 감독은 덩달아 심각한 표정이 되어 물었다.

[보스, X레이상으로는 인대가 조금 부은 것 빼고는 전혀 이상이 없다는 진단이 나왔는데 혹시 X레이가 잘못된 것입니까?]

[하하하! 아닙니다. 도니, 내가 좀 심각한 표정을 지은 것은 송기혁의 강속구를 어떻게 해야 앞으로도 계속 써 먹을 수 있는가를 고민하고 있었기 때문입니다. 사실 받아줄 포수가 없다면 강속구는 있어도 써먹을 수 없는 장식품이나 마찬가지잖습니까?]

[그러게 말입니다. 그런데 A, J의 상태는 어떻습니까?]

[내가 나름 치료를 해서 오늘밤 지나면 괜찮을 것 같습니다.]

강권의 말을 뒷받침이라도 하듯 A, J의 표정은 편안해 보였다.

그렇지만 강권은 여전히 심각한 표정으로 말을 했다.

[도니, 내가 충격을 완화시켜 주는 포수 글러브를 제작하는 것은 어떻겠습니까?]

[보스, 제가 알기로는 포스 글러브는 크기만 제한이 있고, 다른 제한은 없는 것으로 알고 있습니다.]

[그럼 내가 포수용 글러브를 제작해 보도록 하겠습니다. 아마 송기혁이 다음 등판 때는 그 글러브를 사용할 수 있을 것입니다. 그럼 필요해서 그러는데 A, J와 매트가 사용하는 포수 글러브를 하나씩 얻을 수 있겠습니까?]

[그거야 어렵지 않지요. 보스 그러면 송의 강속구를 볼 수 있는 겁니까?]

[아마도요. 거의 충격을 느끼지 않을 것입니다.]

강권의 호언장담에 메르치스 감독은 희망을 가질 수 있었다.

그런데 다음 등판이 내일이라고 해놓고 하루 만에 글러브를 제작할 수 있다는 말에 고개가 갸웃거려지기는 했다.

강권의 옆에 9클래스 마법사가 버티고 있음을 알지 못하기 때문이었다.

물론 강권 자신도 8클래스 마법사이고, '해' 도 8클래스 마법사이니 그 정도야 누워서 떡 먹기라는 것을 메르치스가 알기나 할까?

다음 날 오전에 강권은 포수 A, J와 매트가 사용할 포수 글러브를 각각 두 개씩 만들어 왔다.

A, J와 매트는 글러브를 사용해 보고는 무척 만족했다.

송기혁이 마음껏 강속구를 뿌려댔지만 거의 충격이 느껴지지 않았기 때문이다. 그걸 보고 있던 메르치스 감독이 송기혁에게 물었다.

[송, 오늘도 던질 수 있겠어? 무리하는 것은 아니겠지?]

[감독님, 제가 그동안 받아왔던 훈련에 비하면 어제 경기는 그저 몸을 푸는 정도에 불과합니다. 당연히 오늘도 던질 수 있습니다.]

정작 당사자인 송기혁은 충분히 던질 수 있다고 하는데 A, J와 매트는 그게 아니었다.

어제 완투를 한 투수가 어떻게 오늘 던질 수 있느냐는 표정이었다.

A, J와 매트는 송기혁이 왼손으로도 오른손만큼 던질 수 있다는 것을 미처 생각지 못했던 것이다.

그런데 송기혁을 오늘 다시 선발로 뛰게 하려던 메르치스 감독의 의도는 샌프란시스코 브루스 감독의 거부로 무산이 되었다.

브루스 감독은 메르치스 감독을 별 미친놈 다 보겠다는 식으로 보면서 정중하게 거절을 했다.

아마 어제 선발투수를 바꾸도록 해준 게 엄청 걸렸던 모양이었다.

미리 예고된 선발투수는 갑작스러운 부상 등의 불가항력적인 경우가 아니라면 상대팀의 동의가 없이 바꿀 수 없다.

결국 선발투수인 테드가 적어도 한 타자를 상대하고 바꾸는 수밖에 없었다.

시합 전 오더를 교환한 브루스 감독은 테드의 이름이 4번 자리에 있자 1번, 2번 타자를 잡는다면 3번 타자에게는 무조건 고의 사구를 내겠다는 생각을 가졌다.

보나마나 테드를 빼고 그 자리에 송기혁이 들어올 것이라는 촉이 왔기 때문이다.

상황은 실제로 그렇게 돌아가고 있었다.

1회말 샌프란시스코의 공격 때 테드는 1번 타자에

게 홈런을 얻어맞고 그대로 강판이 되었다.

물론 구원투수는 송기혁이었다.

송기혁이 구원투수로 마운드에 올라오자 관중들의 야유가 터져 나왔다.

심지어 메르치스 감독에게 이기는 것에 미친 나머지 선수를 혹사시킨다고 욕하기까지 했다.

그런데 송기혁이 어제와는 다르게 왼손으로 투구를 하자 신기하다는 듯 바라보았다.

[어! 저런 경우도 있는 거야?]

[그러게? 저거 완전 사기 스펙이다. 뭐 저런 게 다 있어?]

어제 부랴부랴 중계 계약을 하고 우리나라에 LA다 저스 경기를 독점 중계하는 KTV 해설자와 TV를 시청하고 있는 우리나라 국민들도 마찬가지 반응을 보이고 있었다.

송기혁이 몸을 풀면서 던진 첫 번째 투구의 구속이 110마일(대략177km)을 찍자 누구나 할 것 없이 할 말을 잃어버렸다.

인간이라면 도저히 저럴 수는 없었기 때문이다.

송기혁은 무조건 가운데로 빠르게 공을 우겨 넣고

어제와 마찬가지로 단 9개의 공으로 1회를 끝냈다.

내셔널리그 서부 지구의 선두를 달리고 있는 팀답게 샌프란시스코의 투수도 꽤나 인상적인 투구를 하고 있었다.

4회초 투아웃까지 양 팀이 팽팽한 투수전으로 일관했다.

스코어는 0:1.

샌프란시스코 자이언츠가 1회말 선두 타자 홈런으로 리드하고 있었다.

드디어 송기혁의 타격 순서가 돌아왔다.

브루스 감독은 당연히 송기혁을 고의사구로 내보내라는 사인을 내렸다.

지금까지 퍼펙트 피칭을 보이고 있던 돌아온 에이스 린스컴은 한참이나 망설이다 고의사구로 걸러내려는 피칭을 했다.

그런데 쓰리 볼이 되었을 때 송기혁이 고의인지 아니면 실수로 그랬는지 헛스윙을 하자 린스컴이 자존심이 상했는지 자신이 가장 자신 있는 *SF볼로 정면 승부를 걸어왔다.

카운터는 쓰리 볼, 투 스트라이크.

린스컴은 있는 힘을 다해 다시 한 번 SF볼을 던졌다.

깡!

송기혁이 때린 볼은 다시 한 번 샌프란시스코 만으로 날아가고 있었다.

와아—

스코어는 1:1.

스코어가 1:1이 되자 샌프란시스코 선수들은 눈에 보일 정도로 동요를 보이고 있었다.

송기혁이 3회까지 단 27개의 공으로 전부 삼진으로 돌려세운 것이 큰 원인으로 작용하였으리라.

다음 타자 이디에가 큼지막한 2루타를 날리고 연이은 에러가 나오며 전세가 역전이 되자 샌프란시스코 선수들은 거의 포기하는 분위기가 되었다.

결과는 18:1.

LA다저스의 승리.

송기혁 선수는 이날 경기에서 무려 23개의 삼진을 잡으며 퍼펙트로 경기를 끝냈지만 선발투수인 테드가 샌프란시스코 1번 타자에게 맞은 홈런으로 아쉽게 퍼펙트 기록은 세우지 못했다.

이렇게 송기혁 선수는 메이저리그의 초특급 선수로 자리매김을 했다.

일반적으로 스위치 히터는 볼 수 있지만 **스위치 피처는 메이저리그에서 거의 찾아볼 수 없다.

물론 전혀 없다는 것은 아니었다. 그렇지만 송기혁처럼 완벽하게 똑같은 폼으로 스위치 피칭을 하고 좌, 우의 위력이 거의 같은 투수는 없다고 해도 과언이 아니다.

실제로 그는 오른손 투수로도 12승을 거두었고 마찬가지로 왼손으로도 12승을 거두었다.

송기혁은 선발투수로 24경기를 뛰어 전승을 달성했고, 퍼펙트 경기 2회, 노히트 게임 3회를 달성했으며 방어율은 무려 0.62였다.

막판에 체력이 떨어져서 얻어맞지 않았더라면 아마 방어율 0을 기록하는 초유의 사건을 저질렀을지도 몰랐을 것이다.

그런가 하면 타자로 뛴 84경기에서 436타석에 들어서 홈런 50개, 타율 4할 5푼 6리, 포볼 128개를 얻어냈다.

송기혁이 세운 기록으로는 기존에 세웠던 기록 외에

도 도루 256개로 한 시즌 최다 도루, 홈 스틸 6회, 고의사구 128개로 한 시즌 최다 고의사구, 타율 4할 5푼 6리, 탈삼진 464개로 놀란 라이언이 세운 최다 탈삼진 386개를 무려 58개나 뛰어넘었다.

송기혁의 이런 기록들이 더 값진 것은 시즌 도중에 들어와 다른 사람들보다 훨씬 적은 경기를 소화하면서 이룩했다는 것이었다.

송기혁은 루키면서 리그 MVP, 월드시리즈 MVP 를 거머쥐고 우승 반지까지 꿰어 찬 명실공히 메이저 리그를 대표하는 최고의 선수가 되었다.

*SF볼(Split-Finger Fastball)
SF볼은 스플리터(Splitter) 또는 반포크라고 불리기도 한다. 거의 일직선으로 공이 날아오다가 홈 플레이트 앞에서 떨어진다. 포크볼보다 속도가 빠르지만 각도가 덜하다.
그렇지만 스플리터의 낙차도 작은 편이 아니기 때문에 스플리터가 더 애용된다.

한편 메이저리그에서는 포크볼도 스플리터라고 부른다.

사실 스플리터, 포크볼을 구분하기란 전문가들도 쉽지 않다고 한다.

비교적 정확히 판단하기 위해서는 그립을 봐야 한다고 한다.

SF볼을 던지는 방법은 강속구를 던지는 방과 큰 차이가 없는데 다만 잡는 손가락의 틈을 많이 벌려 주고 던진다고 한다.

또한 투구 동작도 속구를 던질 때와 거의 차이가 없다고 한다.

공을 느슨하게 쥐고·던질수록 공은 느리게 날아가고, 던지는 팔의 팔꿈치나 손목이 꺾이는 정도가 예리할수록 공이 떨어지는 각도가 커진다.

팔꿈치나 손목에 무리가 많이 가기 때문에 부상의 위험이 크다는 단점이 있다. 포심으로 잡기도 하나 일반적으로는 투심으로 잡고 던진다고 한다.

**스위치 피처

스위치 피처가 드물지만 전혀 없는 것은 아니었다.

내셔널리그 초창기인 1882년 루이스 커늘스(Louisville Colonels) 소속의 토니 뮬레인이란 선수는 볼티모어 오리올스와의 경기에서 메이저리그 최초로 스위치 피칭을 했다.

또 그와 동시대에 활약을 했던 래리 코크란, 엘튼 챔벌레인 등도 스위치 피칭을 했다고 알려지고 있다.

특히 코크란은 1884년 버팔로 바이슨즈와의 경기에서 무려 4이닝 동안 스위치 피칭을 했는데 이것이 현재까지 메이저리그 역사상 최다 이닝 스위치 피칭 기록으로 남아 있다.

20C에 들어와서는 그레그 해리스가 그의 은퇴 경기에서 1이닝을 스위치 피칭을 해서 무실점을 기록한 바가 있었다.

최근 들어 주목받고 있는 스위치 피처로는 2008년에 뉴욕 양키즈에 입단한 펫 벤디트를 꼽을 수 있다.

양키즈 군단은 펫 벤디트를 위해서 특별히 6손가락 글러브를 제작했다고 한다.

〈『더 리더』 9권에 계속〉

1판 1쇄 찍음 2012년 6월 19일
1판 1쇄 펴냄 2012년 6월 21일

지은이 | 희 배
펴낸이 | 정 필
펴낸곳 | 도서출판 뿔미디어

편집장 | 이재권
기획 · 편집 | 심재영
편집디자인 | 이진선
관리, 영업 | 김기환, 인순옥

출판등록 | 2002년 9월 11일 (제1081-1-132호)
주소 | 부천시 원미구 상3동 533-3 아트프라자 503호 (우)420-861
전화 | 032)651-6513 / 팩스 032)651-6094
E-mail | BBULMEDIA@paran.com
홈페이지 | www.bbulmedia.com

값 8,000원

ISBN 978-89-6639-745-7 04810
ISBN 978-89-6639-165-3 04810 (세트)

6권(완결) 발행 예정

불사의괴

정환 신무협 장편 소설

담담한 필체로 그려낸 짜릿한 감동!
묵직한 감동으로 다가온 하나의 울림!
무협의 진한 향기를 맛보다!

죽지말고 오래 살라던 어머니의 유언
오직 그 하나를 지키기 위한 집념이 기적을 만들다!
길거리 아이로 세상에 내팽개쳐져
모진 구타와 배고픔에 죽을 위기에 빠졌던 수강
북궁세가 이공자의 호의로 얻게 된 새 삶
의술과의 만남, 그리고 소림과의 인연!
의술과 무공의 절묘한 조합!

죽음의 한계를 극복했던 한 사내의 치열한 여정.
포기를 몰랐던 수강, 그의 신화가 펼쳐진다!

동북아 안전보장 사무소

단비 현대 판타지 소설

바보 같았던 과거는 잊고
용신의 힘을 빌어 다시 태어나다!

'지하철 폭력 할아버지'

조작된 동영상 때문에 자살을 결심하다!

하지만 세상은 아직 나를 필요로 한다.

내가 살아 있는 한 우리나라는 내가 지킨다!

"덤벼라! 대책없는 쪽바리놈들아!!"

그대,
내 새로운 삶을 내 조국,
대한민국에 바친다!

3권 발행 예정

가디언 더 하이브리드

GUARDIAN
the Hybrid

정사부 현대 판타지 소설

'매직 코리아'의 작가, 정사부
그가 펼쳐 나가는 또 다른 미래의 진실.

대변혁 이후 황폐해진 지구.

하지만 인간의 욕심은 끝없이 이어진다.

신의 조각을 둘러싼 비밀 집단들의 투쟁 속에서

평범했던 한 사내가 목숨을 잃게 되는데……

"가디언 프로젝트를 실행하겠습니다."

우주의 비밀을 간직한 휴봇, 노아.

인류 변영의 목적을 위해 주인의 부활을 시도한다.

<u>지금 이 순간,</u>
<u>인류의 새로운 역사가 펼쳐지리라*!*</u>

3권 발행 예정